Mit finanzieller Unterstützung der
Sparkassen-Kulturstiftung Hessen-Thüringen
in Frankfurt am Main

Nagelprobe 26

Preisgekrönte Texte des Wettbewerbs
Junges Literaturforum Hessen-Thüringen

Herausgegeben vom Hessischen Ministerium
für Wissenschaft und Kunst

Weitere Informationen über den Verlag und sein Programm unter:
www.allitera.de

Bibliografische Information der Deutschen Bibliothek

Die Deutsche Bibliothek verzeichnet diese Publikation
in der Deutschen Nationalbibliografie;
detaillierte bibliografische Daten
sind im Internet über <http://dnb.ddb.de> abrufbar.

Mai 2009
Allitera Verlag
Ein Verlag der Buch&media GmbH, München
© 2009 für die Anthologie: Buch&media GmbH, München
© 2009 für die Einzelbeiträge
beim Hessischen Ministerium für Wissenschaft und Kunst
Umschlaggestaltung: Kay Fretwurst unter Verwendung eines Motivs
von Bettina Hermann
Herstellung: Books on Demand GmbH, Norderstedt
Printed in Germany · ISBN 978-3-86906-040-8

Nagelprobe 26

Vorwort

Preisrede

Liebe Preisträgerinnen und Preisträger, verehrte Damen und Herren,

die Geschichte »Das Schwimmbad« von Barbara Hiller spielt im Winter. Zwei junge Leute steigen über den Zaun, steigen auf den Sprungturm, betrachten das leere Becken und steigen wieder herunter. Wenig später liegen sie auf dem Betonboden des Beckens und starren in den wolkenverhangenen Nachthimmel. »Vielleicht«, sagt die Ich-Erzählerin, »wenn wir einfach liegen bleiben, dann füllen sie das Becken im Frühling wieder auf und bemerken uns gar nicht.« Die Beiden reden noch eine Weile. »Ich habe Angst«, sagt die Ich-Erzählerin zu den Wolken. Ihr Begleiter sagt: »Ich auch.« Die Geschichte endet mit einem starken Bild: »Wir lagen noch eine Weile, schutzlos ausgeliefert auf hellem Untergrund, zwei Meter unter der Erinnerung an eine Wasseroberfläche.«
    Junge Leute haben einen eigenen Blick auf die Welt. Erwachsene reagieren im Allgemeinen mit Nachsicht; sie waren ja auch einmal jung und hatten Ideen, die niemand besonders ernst nahm. Manchmal aber müssen sie einhalten mit ihrer Erfahrung, weil etwas Neues kommt, ein neuer Blick auf die Welt. Solche Augenblicke sind uns, den sechs Jury-Mitgliedern des »Jungen Literaturforums Hessen-Thüringen«, immer wieder vergönnt, auch beim 26. Durchgang unseres Schreibwettbewerbs, den Dieter Betz vor mehr als einem Vierteljahrhundert begründet hat. Ihm ging es damals nicht anders als uns heute. Unter vielen eingesandten Texten findet sich immer wieder einer, bei dem man den Atem anhält und staunt. Genau das ist es, wonach Matthias Biskupek, Antonia Günther, Martin Lüdke, Martin Straub, Renate Wiggershaus und ich suchen, wovon wir alle nicht genug bekommen können.
    Die jungen Schreiber umkreisen zumeist ihr eigenes Le-

ben. Sie schreiben als Trennungskinder, als Einsame, als Zweifler. Sie schildern Prügelszenen auf dem Schulhof, die wirren Gedanken junger Rechtsradikaler, aber auch den Besuch einer KZ-Gedenkstätte. Wir nehmen ihre Texte ernst, wenn auch die meisten literarischen Anforderungen nicht standhalten, weil sie über das Sich-etwas-von-der-Seele-Schreiben nicht hinauskommen.

Das gilt besonders für Gedichte, die nach der ersten enttäuschten Liebe entstehen. Aber auch hier ist eines bemerkenswert: Die Sprache, in der die jungen Leute schreiben, klingt wie die aus einer anderen Zeit. Vergessen sind all die saloppen Abkürzungen, flapsigen Neuwörter und umgangssprachlichen Wendungen, die typisch sind für die Jugendsprache in Internet-Chats und in Handy-Mitteilungen. Wenn es um die Liebe geht, greifen die in den elektronischen Medien so sicheren jungen Leute nach seelenvollen, antiquierten Bildern und Reimen wie »Röslein, Röslein, komm oh mein, ohne dich will ich nicht sein«, die aus Urgroßmutters Poesiealbum stammen könnten. Ich wundere mich dann und frage mich, was da wohl im Deutschunterricht passiert ist.

In der Schwimmbadgeschichte und den anderen preisgekrönten Texten, Prosa wie auch Lyrik, hingegen wird literarischer Gestaltungswille sichtbar. Der Leser nimmt einen starken Eindruck mit. Fortan weiß er, woran er beim Anblick eines leeren Schwimmbeckens zu denken hat.

Oder die Geschichte von Kerstin Böttcher mit dem Titel »Heino«. Bislang gab es für uns nur einen Heino. Sie wissen natürlich, welchen ich meine. Der neue Heino aber steht meistens in seinen Rosen am Gartenzaun, ist ein eigentümlicher Kerl. Spannend wird es, als ein Kind verschwindet und Heino nicht am Zaun steht.

Oder das Gedicht »Schnee« von Peter Neumann, das auf dem Naumburger Bahnhof entstand. Er sinniert über einen Fußabdruck, einen letzten Gruß im Schnee, sechzig Minuten lang, wo doch die Züge nach Jena schon alle abgefahren waren. Auch hier bleibt ein Bild. Nicht mehr wollen wir, ein Fußabdruck kann genügen.

Als ich vor einiger Zeit eine Schule besuchte, um die Idee

des »Jungen Literaturforums« unter Schülern zu verbreiten, fragte ich in den Klassen, wer denn schreibe. Die Hände gingen nur zögernd hoch, weil schreiben offenbar peinlich ist. Das ist in unserem Kreis anders; hier gehört es zum guten Ton. Wir leben davon. Herzlich willkommen im Club.

Martina Dreisbach

Hauptpreise

Peter Neumann

schnee

am naumburger bahnhof sah ich einen fußabdruck den
deinen
letzten gruß an mich im schnee

etwas dauerhafteres zu schaffen als meine aufmerksamkeit
geschlagene sechzig minuten an deine sohlen zu heften –

waren die doch schon längst vom schnee überzeichnet waren die züge
nach jena alle abgefahren.

Peter Neumann, 1987 in Neubrandenburg geboren, studiert Philosophie, Wirtschaft und Politik an der Friedrich-Schiller-Universität Jena. Veröffentlichungen in »Nagelprobe 25« (2008), verschiedenen Zeitschriften sowie im Sammelband »Poesie und Praxis. Sechs Dichter im Jahr der Wissenschaft« (2009).

Barbara Hiller

Das Schwimmbad

Wir hatten uns den ganzen Abend lang über nichts Besonderes unterhalten. Wir hatten die schmelzende Sahne von unseren heißen Schokoladen gelöffelt und über die Uni geredet, über unsere gemeinsamen Freunde und über unsere Eltern, die wir wegen unserer früheren Beziehung beide kannten. Danach liefen wir durch den Park in Richtung Bahnhof. Eine bequeme Stille hatte sich gerade zwischen uns gelegt und ich war vertieft in das Knirschen meiner Schritte und die schweifenden Lichter der Autos, die am Park entlang über die Pflastersteine rauschten. Es war Winter. Die Blätter waren schon von den Bäumen gefallen, von grüngekleideten Parkangestellten in Haufen gekehrt und zur Biomüllannahmestelle gefahren worden.

»Schau mal, das Freibad«, sagte er. Durch dürre Astfinger hindurch konnte man den Sprungturm erkennen, der im gedämpften Licht der Parklaternen bedrohlich aus dem Halbdunkel ragte. Wir bogen vom Weg ab und liefen durch das karge, von der ersten Frostschicht überzogene Gras bis zum Zaun, der das Freibadgelände vom Park abgrenzte.

Ich legte meine handschuhüberzogenen Finger auf das Drahtgeflecht und ließ meinen Blick über die Anlage gleiten. Die leeren Becken lagen stumm in den Boden versenkt und ihre helle Farbe setzte sich so stark vom dunklen Hintergrund ab, dass sie unwirklich leuchteten. Am kleinen Kiosk waren die Rollläden heruntergelassen und die Tische weggeräumt worden. Nur die steinernen Tischtennisplatten standen noch am Rand der Liegewiese und ließen das Wetter gleichgültig an sich vorüberziehen.

»Willst du rein?« Ich war mir selbst nicht sicher, warum ich die Frage gestellt hatte, und war gerade drauf und dran, sie wieder zurückzunehmen, als er mit einem Schulterzucken seinen Rucksack über den Zaun warf und daran hochzuklettern begann.

Im Sommer waren die Zäune vom ganzen Gelände aus einfach im Blick zu behalten, deshalb hatte man eine bessere Absicherung nie für nötig befunden. Das kam uns natürlich zugute, und so war es nur eine Frage von Sekunden, bis Sebastian mir auf der anderen Seite meine Tasche in die Hand drückte und wir uns zum Sprungturm aufmachten. Es war ein ganz natürliches erstes Ziel, über das wir gar nicht zu diskutieren brauchten. Vorsichtig hangelten wir uns Sprosse für Sprosse die Leiter herauf, am Einmeterbrett vorbei, das leicht im Wind schaukelte, am Dreimeterbrett vorbei, das ebenso leicht auf und ab wippte, bis nach ganz oben zum Zehnmeterbrett, solide, aus Beton. Ein kalter Wind blies und ich hielt mich an der Reling fest, während er vorsichtig bis an den Rand der Plattform ging und nach unten sah. Fast hatte ich Lust, zu springen – das Becken wirkte auf eine höhnische Art einladend, sein Boden war auf eine derartig menschenverachtende Weise glatt, dass es mir einen Schauer den Rücken hinuntertrieb. Wir kletterten wortlos wieder hinunter.

Wenige Minuten später lagen wir im Hauptschwimmbecken, unsere Köpfe auf unseren Taschen, und starrten in den wolkenverhangenen Nachthimmel. Um uns herum leuchteten die kaltweißen Wände und schlossen uns ein. Wir lagen am tiefen Ende. Er verschränkte die Hände hinter seinem Kopf und sagte, ohne mich anzusehen:

»Ich fühl mich, als wären wir ertrunken.«

Ich nickte und stellte mir vor, wie sich die Wasseroberfläche gleich einem schimmernden Glasdach über unsere Köpfe spannen würde.

»Als wären alle anderen noch am Leben, in der Sonne, aber wir könnten sie nicht mehr sehen.«

Sein Gesicht wirkte im fahlblauen Licht zerbrechlich, transparent.

»Vielleicht«, sagte ich, »wenn wir einfach liegen bleiben, dann füllen sie das Becken im Frühling wieder auf und bemerken uns gar nicht.«

Er rollte sich auf die Seite, sah mich direkt an. Seine Augen, normalerweise braun, wirkten auf einmal schwarz.

»Bist du glücklich?«

Die Frage traf mich unvorbereitet, aber überraschte mich nicht. Ich drehte mich zum Himmel.

»Ich hab Angst«, sagte ich zu den Wolken.
Wir lagen eine Weile still, dann sagte er leise:
»Ich auch.«
Es war unsere Wahrheit, nackt und unverzerrt wie das leere Becken, kalt und graublau leuchtend.
Wir lagen noch eine Weile, schutzlos ausgeliefert auf hellem Untergrund, zwei Meter unter der Erinnerung an eine Wasseroberfläche. Dann begannen wir, die Härte und Kälte des Betons in unseren Körpern zu spüren. Wir kletterten aus dem Becken, knickten gefrorene Grashalme mit unseren Schuhen in Fußstapfenform und kletterten wieder über den Zaun.

Barbara Hiller, 1986 in Starnberg (Bayern) geboren, machte den Bachelor of Arts in Englisch und Massenkommunikation an der University of Canterbury in Christchurch, Neuseeland. Seit Oktober 2008 studiert sie an der Bauhaus-Universität Weimar im zweiten Semester Medienmanagement. Veröffentlichungen u.a. in der Anthologie »Peinlich, peinlich« (2005) und im Gedichtband IV der »Literareon Lyrik-Bibliothek« (2005). Zudem verschiedene englische Veröffentlichungen in den »Re-Draft«-Anthologien (Clerestory Press, Christchurch, Neuseeland).

Marlene Paar

»Fühlst du dich nicht oftmals allein?«

»Du hast was?«, fragte er geschockt. Hatte er sich verhört? »Eine multiple Persönlichkeitsstörung«, antwortete sie ruhig.
»Du bist schizophren?« Er war nicht fähig, mehr zu sagen. Er konnte es nicht fassen.
Sie antwortete nicht sofort, sondern schaute die belebte Einkaufsstraße auf und ab, als suchte sie dort die Antwort auf seine Frage. Dann blickte sie ihn an: »Nein, multiple Persönlichkeitsstörung ist nicht dasselbe wie Schizophrenie. Außerdem kann ich es etwas beeinflussen.«
Er war sich immer noch nicht sicher, was er sagen sollte. Als sie ihn gefragt hatte, ob sie in ihrem Lieblingsrestaurant essen gehen wollen, weil sie etwas mit ihm besprechen müsse, wäre er nie auf die Idee gekommen, dass sie ihm beichten würde, sie habe eine multiple Persönlichkeitsstörung.
Obwohl sie nun schon seit über einem Monat ein Paar waren, hätte er sich dies beim besten Willen nicht träumen lassen. Wenn er zurück blickte: Sie waren ein ganz gewöhnliches Pärchen gewesen. Zugegebenermaßen, bei ihnen hatte es von Anfang an Streit gegeben, aber sie hatten sich immer nach kurzer Zeit versöhnt, so dass sie ihren Streit bald als Bestandteil ihrer Beziehung ansahen.
»Warum sagst du nichts?«, unterbrach sie ihn in seinen Gedanken.
»Ich weiß nicht, was ich sagen soll, geschweige denn, wie ich damit umgehen soll. Ich habe nicht so viel Erfahrung auf dem Gebiet und dein Geständnis kam auch etwas plötzlich.« Er versuchte ein Lächeln, aber es missglückte.
Sie streichelte seine Hand: »Es tut mir leid. Aber ich wollte es dir lieber jetzt sagen, bevor es zu spät ist.«
»Ja, ich bin froh, dass du es mir erzählt hast. Ehrlich!«, er schwieg einen Augenblick, um dann fortzufahren: »Aber wie weiß ich, mit wem ich spreche?«

Sie lächelte: »Oh, das bekommst du leicht mit. Wir sprechen unterschiedlich und benehmen uns auch anders.«

Er zögerte: »Das ist ... erfreulich. Aber warum habe ich das dann nicht in dem Monat, den wir nun zusammen sind, mitbekommen?«

»Das habe ich mich schon oft gefragt«, antwortete sie lachend.

Er war erstaunt: »Oh ... wie viele seid ihr?«

»Ach, wir sind vier, früher waren wir sechs, aber irgendwie sind wir verschmolzen. Wie Eis.« Sie blickte verträumt auf den Eisbecher vor ihnen.

Vorsichtig nahm er ihre Hand und streichelte sie. »Wenn du ... eh ... ihr verschmelzen könnt, warum reduzierst du deine Persönlichkeiten nicht auf eine?«

Nachdenklich antwortete sie: »Sieh, ich habe lange darüber nachgedacht, besonders in letzter Zeit, aber ich möchte es nicht. Wir haben so viel zusammen durchgestanden, sowohl Gutes als auch Schlechtes. Ich möchte nicht allein sein, ich wüsste nicht, wie ich das aushalten sollte. Fühlst du dich nicht oftmals allein?«

Er ignorierte die Frage und blickte auf den Boden: »Ich weiß nicht, ob ich dem gewachsen bin.«

Sie blickte ihm in die Augen »Ich will dich zu nichts zwingen, es ist deine Entscheidung, allein deine.«

»Mhm«, er wollte sich jetzt noch nicht entscheiden, er hatte noch zu viele Fragen, »wer seid ihr denn alle?«

»Da gibt es einmal mich, dann eine 25-jährige Frau, die mit Vorliebe Klavier spielt, einen 40-jährigen Mann und einen kleinen, Fußball spielenden Jungen.«

»Oh, das sind aber schon ganz schön viele unterschiedliche Charakter für einen Körper, gibt es da nicht auch manchmal Streit?«, wollte er wissen.

»Erst mal, wir sind nur vier und du bist dafür immer alleine und bei uns gibt es keinen Streit, wir sind immer für einander da«, sie unterbrach sich und flüsterte dann beinah, als sie fortfuhr: »Du kannst gehen, wenn du willst.«

»Nein, nein, nein. Wir hatten eine schöne Zeit, die ich nicht missen möchte. Wie es mit den anderen sein wird, weiß ich zwar nicht, aber ich möchte es herausfinden!« Er hatte sich entschieden und konnte nur hoffen, dass er seine Entscheidung später nicht bereuen musste.

Sie lächelte glücklich und erleichtert: »Das freut mich so ... Aber da gibt es noch ein Problem.«

»Und das wäre?«, fragte er mit belegter Stimme.

»Der kleine Junge möchte mit dir Fußball spielen«, antwortete sie schmunzelnd.

Er lächelte erleichtert: »Ich glaube, das lässt sich einrichten.«

Marlene Paar, 1991 in Kassel geboren, besucht dort das altsprachige Friedrichsgymnasium. Sie hat an verschiedenen Schreibwerkstätten (u.a. mit dem indischen Autor Rajvinder Sing) teilgenommen sowie – zusammen mit Freundinnen – ein Buch in Eigenregie geschrieben, erstellt und verkauft.

Marie-Josephine Damaschke-Becker

Ferngesteuert

Ein Rascheln, das Kratzen des Kugelschreibers auf einer harten Unterlage. Die Geräusche hämmerten in seinem Schädel. Seinem kahlen Schädel. Maik fuhr sich über den Kopf, Stoppeln kratzten an seinen Händen. Er war stolz auf diese verdammte Glatze. Er fror nicht, er war kein Schwächling. Nein, sie machte ihn stark, diese verdammte Glatze.

Frau Kornfeld rückte ihre Brille zurecht und rümpfte die Nase, als ob sie sich vor ihm ekeln würde. Wahrscheinlich tat sie das auch. Sie strich sich durch ihr braunes Haar und Maik schien es, sie wolle überprüfen, ob es noch da war, ob sie nicht auch schon eine Glatze hätte. Sie räusperte sich. »So Maik, wir beide wissen, warum du hier bist. Aber wiederhole das doch bitte noch mal in deinen eigenen Worten.«

Maik schwieg.

»Maik?«

Maik schwieg immer noch. Frau Kornfeld schien die Situation unangenehm zu sein. »Also?«

»Ich bin hier, weil ich für mein deutsches Land kämpfe«, grummelte Maik in sein Sweatshirt hinein.

Frau Kornfeld beugte sich weiter nach vorne. »Wie bitte?«

Sie hatte es ganz genau verstanden, diese dumme Schlampe. Aber sie wollte es nicht verstehen. Maik richtete seinen Kopf auf.

»Ich bin hier«, wiederholte er, »weil ich für mein deutsches Land kämpfe.«

»Nein, das bist du nicht«, erwiderte sie.

Seine Fingernägel gruben sich in den gepolsterten Sessel ein. Er spürte, wie seine Muskeln sich anspannten. Seine Stimme wurde lauter. »Ich bin hier, weil ich mein deutsches Vaterland vom Ungeziefer befreien will«, zischte er.

Frau Kornfeld war nicht zufrieden. Sie schüttelte den Kopf. »Sag die Wahrheit.«

Ihre Augen durchbohrten ihn, als würde sie versuchen, in

seinem Innern die Antwort zu finden. Aber die Antwort, die konnte sie haben.

»Ich bin hier … !«, schrie Maik und stand auf. Er atmete schwer. Seine Brust senkte und hob sich in einem langsamen Rhythmus. Wie immer, wenn er wütend war, trat eine Ader an der Stirn hervor. »Ich bin hier, weil ich einen Scheißausländer bestraft hab. Weil ich ihm das gegeben hab, was er verdient hat. Verdammte Scheiße, sind Sie jetzt zufrieden?!«

Speichel tropfte ihm aus dem Mund und er wischte ihn mit einem Ärmel weg. Das Leder der Springerstiefel machte schmatzende Geräusche, als er sich zu dem Sessel zurückbewegte und hineinfallen ließ. Er sah zu Frau Kornfeld hinüber. Sie zeigte keine Regung, keine Angst. Angst … ja, er könnte ihr Angst machen. Wenn er wollen würde. Aber in diesem Moment wollte er nicht. Noch nicht.

Frau Kornfelds Kugelschreiber machte sich Notizen. »So, du bist auch hier, damit wir gemeinsam die Geschehnisse reflektieren und analysieren können.«

Ja scheiße, reflektieren. Das wollten sie alle. Immer schön alles durchwälzen, die ganze beschissene Vergangenheit. Aber sie analysierten alles so, wie sie es wollten. Und nur ihre Analyse galt. Wenn etwas schlecht war, dann war es schlecht. Anders ging es überhaupt gar nicht.

»Fangen wir mit dem Tag an, an dem du Thomas kennen gelernt hast.«

Sein Gehirn suchte nach Bildern, Erinnerungen. Thomas. Der Raum verschwamm.

»Du bist einer von uns.« Thomas Gesicht war nah vor seinem. »Du bist ein richtiger Deutscher. Einer, der mit anpackt. Der alles ankurbelt, Mann. Steigst du ein?«

Eine Hand war ausgestreckt, bereit zum Einschlagen. Aber seine Hand zitterte. Sie vergrub sich fest in der Hosentasche.

»Na, was sagst du?«, fragte Thomas. Seine Stimme hallte durch die leeren Räume. »Schlag ein.«

Die Hand wurde von etwas, was er nicht erfassen konnte, aus der Tasche gezogen. Ein Klatschen hallte von den Wän-

den wider. Die Hand hatte eingeschlagen. Und Thomas lächelte zufrieden.

Frau Kornfeld tippte ungeduldig mit dem Kugelschreiber auf die Armlehne ihres Sessels. Maik ließ jeden einzelnen Finger genüsslich knacken, bis er eine Antwort gab.
»Ich hab ihn halt so getroffen«, sagte er und grinste. Er würde ihr gar nichts sagen. Gar nichts.
»Ja, aber wie«, versuchte es Frau Kornfeld erneut. »Wie bist du ... in die Szene ... ähm ... reingerutscht?«
Er spürte ihre Unsicherheit. Jetzt hatte er sie an einem Punkt, an dem er sie festhalten und mit ihr spielen konnte. Sie war nichts anderes als eine Figur im großen Spiel. Er musste nur die Waffe tauschen, zielen und abdrücken. Das war Counter-Strike ... nur verbal.
Frau Kornfeld neigte ihren Kopf und sah ihn durchdringend an. Er warf seinen Kopf zurück und lachte schallend.
»Ich verstehe nicht, was daran so lustig sein soll«, sagte Frau Kornfeld. »Maik, warum hast du das getan? Warum hast du einen Ausländer niedergestochen?«
Es waren Bilder, die antworteten. Aber nur in seinem Kopf. Frau Kornfeld hatte dazu keinen Zutritt.

»Ey Mann, du kennst doch den Ausländer von nebenan«, sagte Thomas grinsend und spuckte auf den Boden. »Ich hatte lange keinen Spaß mehr, verstehst du, was ich meine?« Er gab ein heiseres Lachen von sich. »Bäm, Bäm, Bäm in die Fresse. Vielleicht noch ein bisschen Angst einjagen. Mehr verlange ich nicht von dir. Das ist der ultimative Test.« Thomas boxte ihm mit der Faust gegen die Schulter. »Kameradschaft und so weiter.« Thomas kam mit seinem Gesicht immer näher. Er spürte seinen heißen Atem. »Wir sind doch wie Brüder.« Wieder grinste Thomas. Maiks Herz schlug schneller, wie eine auf Hochleistung gestellte Maschine.

»Maik?« Frau Kornfelds Ton hatte sich geändert. Sie klang besorgt. »Ist alles in Ordnung mit dir?«
Maik nickte stur. Die Erinnerungen durften ihn nicht

schwach machen. Er musste an einem Strang ziehen, denselben roten Faden entlanglaufen, um zum Ziel zu kommen.
»Jetzt rede doch endlich mit mir. Oder denkst du, die Situation klärt sich durch Schweigen?«
Nein, mit Fäusten ließe sich die Situation auch ganz einfach klären. Er zog keine Grenze zwischen Mann und Frau. Er würde auch Frauen schlagen, besonders solche wie Frau Kornfeld. Aber mehr Scheiße durfte er nicht bauen. Das würde Knast bedeuten.
Er tastete seine Glatze ab. Das machte ihn stark. Das erinnerte ihn daran, wofür er kämpfte.
Er trommelte mit seinen Fingern einen Rhythmus auf die Sessellehne.

»Das ist endgeile Mucke. Die sagen, was sie denken, und lassen sich das nicht verbieten«, sagte Thomas. Er lehnte lässig an seiner Stereoanlage. Maik saß vor ihm auf dem Sofa in Thomas Zimmer. Thomas wedelte mit einer CD vor seinem Gesicht herum. »Logis Kämpfer«. Ein dumpfer Gitarrensound drang aus den Lautsprechern. Zufrieden ließ sich Thomas neben ihn auf das Sofa fallen. Thomas schloss die Augen und bewegte seinen Kopf zu der Musik. Er hatte Zeit, ihn genau anzusehen. Die frisch rasierte Glatze, die lange, etwas krumme Nase, die zusammengepressten Lippen. »Das Feuer der deutschen Einigkeit lodert. Erwache und kämpfe für dein Land!«, grölte es im Hintergrund. Thomas war ganz nah.
»Thomas?«
»Was ist?«
»Ich mache es.«
Thomas öffnete seine Augen und lächelte zufrieden. Das war das Einzige, was Maik wollte.

»Wie ist es zu der Auseinandersetzung gekommen?«, fragte Frau Kornfeld. Wieder schob sie ihre Brille zurück, die nach vorne gerutscht war. »Oder hast du den Ausländer grundlos verletzt?«
Er würde ihr nicht antworten. Sie konnte noch so viele Fragen stellen. »Keine Ahnung«, meinte Maik schulterzuckend.

»Aber irgendetwas muss doch der Auslöser gewesen sein?«

Er merkte, dass sie langsam nervös wurde. Sie rutschte auf ihrem Sessel hin und her. Das ständige Klicken des Kugelschreibers machte ihn wahnsinnig. Es erinnerte ihn an das Auf- und Zuklappen eines Messers.

»Fang!«, rief Thomas und warf ihm das silberne Metall zu. Es fühlte sich kalt an. Er hätte es am liebsten sofort weggeschleudert. Aber was würde Thomas denken? Es machte »klick« und die Klinge schnellte hervor. Thomas trat nahe an ihn heran und legte die nackte Stirn an seine. Die Augen fixierten ihn. »Du machst das jetzt ... vergiss nicht, Kameradschaft ist alles. Wofür machst du das?«

»Für mein Vaterland«, antwortete Maik.

»Du bist in dieser Jugendgruppe«, stellte Frau Kornfeld fest. Sie wollte das Feld übernehmen, einen Sprung nach vorne. Sie hatte sich informiert. Aber was wusste sie schon. Sein Inneres gab keine Informationen her. Da konnte sie so viel lesen, wie sie wollte. Eine Lücke gab es immer. Und diese Lücke füllten einzig und allein seine Gedanken. Frau Kornfeld musterte seine Glatze. Sie kniff die Augen zusammen. Diese Frau musste mal locker werden. Sie war bestimmt so eine, bei der im Privatleben gar nichts lief. Maik grinste. Er würde keine wollen, die versuchte alles über ihn herauszufinden. Wahrscheinlich saß sie abends alleine mit einem Glas Wein vor dem Fernseher.

Wenigstens hatte er Action.

»Das ist Action!«, rief Thomas, breitete die Armen aus und jauchzte. »Bist du bereit?« Er sah ihn an ... hielt seinen Blick fest und ließ ihn nicht los. »Oder bist du ein Feigling?« Auf einmal wurde Thomas' Blick ganz ernst. Er spannte seinen Kiefer an.

Da zog Maik das Messer. »Ich bin bereit«, flüsterte er in die schwach beleuchtete Dunkelheit.

Thomas kam auf ihn zu. Er nahm Maiks Kopf zwischen seine Hände und presste die nackte Glatze gegen seine. Der

Druck der Hände an den Schläfen wurde immer fester. »*Bist du bereit?*«, *zischte er.* »*Dann schrei es. Schrei es laut!*«
Und Maik schrie, seine nackte Stirn immer noch an Thomas: »*Ich bin bereit!*«
Diesmal lächelte Thomas nicht. Er stieß Maik von sich weg. Die Spannung entlud sich. »*Dann zeig mir, dass du einer von uns bist.*« *Die Klinge schnellte hervor. Er wollte es nicht. Seine Hand hatte es gemacht. Aber er war bereit und das Messer in seiner Hand wurde immer schwerer. Er musste es loswerden.*

»Maik, unsere Stunde ist bald um. Du musst jetzt reden.«
Er schüttelte seinen Kopf. Aber nur um die Gedanken loszuwerden.
»Du hast auf ihn eingestochen. Warum?«
»Auf wen soll ich eingestochen haben?«, fragte Maik unschuldig.
»Auf den Ausländer«, antwortete Frau Kornfeld ungeduldig. Langsam schien sie wütend zu werden. »Maik!«, rief sie energisch.
Anscheinend konnte die Frau doch mal locker werden. Maik grinste. Er hatte eine Gegnerin. Das musste er ausnutzen.
»Öffne dich endlich!« Ihr Blick verriet, dass sie selbst über ihren Ausbruch verwundert war.
Maik stand auf. »Ich denke, die Zeit ist um«, sagte er ruhig.
»Nein. Wir haben noch ein paar Minuten. Und in denen wirst du jetzt endlich mal deinen Mund aufmachen.«
»Nein!«, schrie er. Ja, er hatte endlich die Chance, alles herauszuschreien. Das Blut pulsierte in seinen Adern. Seine Hände wollte etwas zerschlagen. Er sprang auf und stieß den Sessel um. Frau Kornfeld zuckte zusammen. Er machte ihr Angst. Das tat gut. Maik riss ihr das Klemmbrett aus der Hand und schleuderte es in eine Ecke. Mit einem dumpfen Schlag prallte es an der Wand ab. Frau Kornfeld machte ein paar Schritte nach hinten. Aber er ging nicht auf sie zu, er drehte sich um und verließ das Zimmer. Die Tür ließ er offen stehen.

Draußen lehnte Thomas lässig an der Wand und rauchte. Er grinste breit. Anscheinend hatte er auf Maik gewartet. Aber plötzlich verschwand das Grinsen. »Hast du die Klappe gehalten?«

Maik nickte. Thomas strich ihm über die Glatze, dann packte er ihn fest im Nacken. Er fing an gellend zu lachen. »Ich wusste, du würdest uns nicht verraten, Maik. Das ist echte Kameradschaft.«

Seine Hand löste sich. Der Griff hatte eine rote Stelle an Maiks Nacken hinterlassen.

Thomas klopfte ihm auf die Schulter. »Los!« Er schob ihn nach vorne. Maik drehte seinen Kopf nach hinten. Am Fenster stand Frau Kornfeld und beobachtete ihn. Für wen hast du das getan? Ihre Lippen formten diese Frage.

Wieder waren es Maiks Gedanken, die antworteten. *Für Thomas.*

Marie-Josephine Damaschke-Becker, geboren 1992 in Kassel, besucht die 11. Klasse des Gymnasiums. Bisherige Veröffentlichungen: die Theaterstücke »Lola, das Schweinchen, das den Sonnenuntergang sehen wollte« (Spielraum Theater, 2005); »Die Geschichte vom ängstlichen Ritter, Prinzessin Mary und dem Drachen« (Spielraum Theater, 2006), »Lola und die Weihnachtsgans« (Spielraum Theater, 2007); die Kurzgeschichte »Die eisige Leere« (auf der Internetseite www.eckenroth-stiftung.de); »Lola, das Schweinchen, das den Sonnenuntergang sehen wollte« als Buchfassung im Eigenverlag des Spielraum Theaters (2008).

Simone Schröder

Tristan »Doc« van Ronk
Graphic Story über einen Schriftsteller in unserer Zeit

I

Tristan van Ronk, den seine Freunde auch »Doc« nennen, weil er ein Semester Medizin studiert hat, steht am Fenster und schaut auf die Straße. Er raucht eine Zigarette und denkt darüber nach, wie es wäre, berühmt zu sein. Erfolg müsste man haben, denkt er. Dann wäre es vorbei mit dem Kriechen und Getretenwerden. Wenn man nur einen großen Roman in der Schublade hätte. So einen, mit dem man berühmt würde. Ein Text über die Wende oder eine Geschichte über die Liebe, wie sie wirklich ist.

Dann wirft Doc seine Zigarette aus dem Fenster und schaut, wie sie fällt.
   Hoffentlich bekommt sie niemand auf den Kopf, denkt er. Aber vielleicht fällt sie ja auch jemandem auf den Kopf, der es brauchen könnte.

Einer von den alten Männern, die hinter ihm im Stadtbus immer husten und dazu noch schlecht riechen. Wenn nun so einem die Zigarette auf den Kopf fiele – das

wäre etwas anderes. Das wäre fast besser, als eine Geschichte über die Liebe zu schreiben, wie sie wirklich ist, denkt Doc und sieht, wie die Kippe auf den Bordstein fällt, ein Stück rollt und schließlich im Rinnstein liegen bleibt.

II

Es ist Sonntagnachmittag, die Sonne scheint und Tristan Doc van Ronk sitzt in seinem Bademantel auf dem Sofa und schaut fern. Es läuft eine Dokumentation über die Iguaçu-Wasserfälle. Wasserfälle sehen überall gleich aus, denkt Tristan. Immer fällt Wasser auf Wasser und es schäumt und strudelt, aber die Leute fahren trotzdem hin.

Warum man überhaupt irgendwo hinfahren muss, versteht er sowieso nicht. Lest doch Romane, sagt er. Meistens ist es in diesen Ländern ja doch nur heiß und laut.

Tristan Doc van Ronk denkt an das, was man will, und das, was man hat. Er fragt sich, wie es wäre, die ganze nächste Woche über so wie jetzt in Bademantel und Hauslatschen vorm Fernseher zu sitzen. Die Sonne fällt in drei breiten Streifen aufs Parkett. Bei dem Wetter muss man doch raus gehen, würde seine Mutter sagen,

wenn sie ihn jetzt sehen könnte. Kann sie aber nicht, denkt er und fühlt die Erleichterung darüber.

Man müsste kündigen und sich arbeitslos melden, denkt Doc. Dann ginge das jeden Tag so wie jetzt. Wenn er keine Arbeit mehr hätte, bliebe auch die Zeit, den Roman zu schreiben, der ihn berühmt machen würde. Über die Wende oder über die Liebe, wie sie wirklich ist. Bevor er aber den Roman schreiben würde, denkt er, würde er mit dem Geld vom Arbeitsamt losmarschieren und sich neue Bücher kaufen. Nicht, dass er zu wenige hätte. Er schaut auf das Bücherregal in seinem Rücken. Die Bücher haben längst seine Wohnung eingenommen – sie liegen zu kleinen Inseln gestapelt auf dem Parkett – aber Bücher wird er nie zu viel haben. Doc zupft an seinem Bademantel und schaut auf den Bildschirm, wo ein Schwarm Vögel sich vom Himmel stürzt und mitten in den Wasserfall hinein fliegt.

III

Tristan Doc van Ronk sitzt an seinem Laptop und schaut seine Kurzgeschichten durch. Bei Wettbewerben wurden sie bislang immer abgelehnt. Er überlegt, mit was für einem Text er wohl Chancen hätte.

Es gewinnen nie die Besten, sagt er sich und sortiert seinen Lieblingstext gleich zu Beginn aus. Es muss irgendwer aus der Jury mögen und er hat eine Story, die gut ist. Ein Mann bleibt in einem Fahrstuhl stecken. Mehr passiert nicht, aber die Handlung umfasst die ganze Tragik des Daseins, findet er. Geschichten, in denen nichts passiert, sind sowieso en vogue, denkt Doc und legt die Geschichte zu dem Stapel mit Texten, die in Frage kommen.

Als er sich für vier entschieden hat, dreht er sie um, legt sie nebeneinander auf den Tisch und mischt gut durch. Wie bei den Hütchenspielern, denkt Doc, bevor er zieht. Aber wozu eigentlich spielen? Er weiß ohnehin, dass es der Fahrstuhltext werden soll. Das ist kein Wenderoman und auch keine Geschichte über die Liebe, aber eine Parabel aufs Dasein und die Länge passt.

Er bringt den Umschlag zum Briefkasten. Dann geht er ins Haus zurück und schreibt: »Es ist Mitternacht. Der Regen peitscht gegen die Scheiben.« Es ist nicht Mitternacht. Es regnet nicht.

Simone Schröder, 1986 in Frankfurt am Main geboren, studiert Allgemeine und Vergleichende Literaturwissenschaft, Politik und Spanisch an der Johannes-Gutenberg-Universi-

tät in Mainz. Veröffentlichungen in »Nagelprobe 22«, »Nagelprobe 24« und »Nagelprobe 25«. Zusammen mit Andreas Martin Widmann Herausgeberin des Kulturmagazins »elephant« *(www.elephant.blogger.de)*.

Kerstin Böttcher

Heino

Sie hatten ihn schon vor langer Zeit für verrückt erklärt, und sie hatten ihre Gründe dafür. Morgens, bevor er zur Arbeit ging, grüßte er sein Auto mit einem lauten »Hallo, Karl, wie geht's?«, sodass die ganze Straße ihn hören konnte. Abends kam er nach Hause und redete mit den Rosen im Vorgarten und den Stiefmütterchen, die neben dem kurzen, sauber geharkten Weg blühten, ehe er die Tür aufschloss. Er redete mit allem und jedem, kannte die Familientragödien sämtlicher Nachbarn; er habe sogar seinen Pantoffeln Namen gegeben, hieß es. Niemand wusste, ob sie ihm antworteten.

»Er ist ein Spinner«, sagten die Leute in der Luisengasse, einer freundlichen, gepflegten Straße. »Aber er ist ein guter Kerl«, fügten sie hinzu, »ein guter Kerl, unser Heino.«

Freitags kam er früher von der Arbeit und stand zwischen den Rosen vor dem Haus. Er grüßte die Nachbarn und er fragte: »Wie geht es Ihnen heute, Frau Müller?«, und er hatte eine Art, dass man ihm einfach antworten musste. Und dann redete man mit ihm. Über das Wetter. Über die Kinder. Über die Enkel, den Hund, die kranke Oma; über den Stress mit der besten Freundin, manchmal auch über den Ärger mit dem Ex.

Heino hörte zu. Er hörte sehr gut zu, und er merkte sich alles, und Samstagmittag spielte er Klavier.

Er spielte sehr gut Klavier, und Klarinette spielte er auch.

»Er ist mir unheimlich«, sagten die Kinder manchmal, aber wenn er ihnen Süßigkeiten anbot, nahmen sie sie gerne, denn Heino verteilte gute Süßigkeiten, wie die Mütter sie selten kauften.

»Irgendetwas stimmt nicht mit ihm«, sagten die Erwachsenen. »Wenn er wirklich so nett ist, wie er immer tut, warum lebt er dann ganz alleine?«

Aber wenn sie wieder Ärger mit der Wasserleitung hatten, wenn Herr Franzen wieder den Hochzeitstag vergessen hatte und ganz dringend einen Strauß Rosen brauchte – dann gingen sie doch zu Heino, und er wusste Rat. Er verhandelte mit den Handwerkern, und er ging nach hinten hinters Haus mit der Schere und schnitt einen Strauß Rosen, wo selbst Frau Franzen mit ihren scharfen Augen es nicht sehen würde.

Und eines Tages war der kleine Jonas fort. Er ging in die zweite Klasse, den Hausschlüssel an einem Band um den Hals, doch als seine Mutter an einem verregneten Freitag nach Hause kam, war Jonas nicht da. Nur der Schlüssel hing ordentlich am Schlüsselbrett, und das war fast so falsch wie die Abwesenheit des Jungen, denn Jonas hängte seinen Schlüssel nie auf, ganz egal, wie oft die Mutter es sagte. Also hatte er morgens vergessen, ihn mitzunehmen.

Frau Dietz war eine vernünftige Frau. Sie atmete tief durch und beschloss, sich nicht verrückt zu machen. Stattdessen griff sie nach einem Regenschirm, ging hinaus – Heino stand heute nicht hinter seinen Rosen, vermutlich war selbst ihm das Wetter zu schlecht, dann also eben heute kein »Wie geht es, Frau Dietz?« – sie war eine vernünftige Frau, sie würde sich nicht verrückt machen, stattdessen ging sie Jonas' Schulweg ab. Sicher spielte er in irgendeiner Pfütze – schmutzig würde er sein, schmutzig und nass – und war noch gar nicht zu Hause gewesen. Hoffentlich würde er schmutzig sein, hoffentlich nass, wenn es nach Frau Dietz ginge, und an diesen Tag würde es ihr auch gar nichts ausmachen, sie würde nicht schimpfen.

Aber obwohl sie den ganzen Weg bis zur Schule ablief, fand sie Jonas nicht.

Dann war ihm bestimmt schon in der Schule aufgefallen, dass er seinen Schlüssel vergessen hatte, und er war mit einem Freund nach Hause gegangen. Frau Dietz stürzte heim, wühlte sich durch das Chaos auf dem Telefontisch – wo war die vermaledeite Klassenliste; warum war sie nicht da, wo sie hingehörte? Da war sie – Frau Dietz atmete tief durch, rief bei Max an, Jonas' bestem Freund. Rief bei Fiona an, die unten an der Ecke wohnte, und bei allen anderen Kindern auf der Klassenliste, sogar beim dicken Kurt, obwohl Jonas den nicht leiden konnte.

Aber Jonas blieb verschwunden.

Es hatte aufgehört zu regnen; es war schon nach vier. Frau Dietz hielt es drinnen nicht mehr aus. Die Nachbarn, die hatte sie vergessen, schnell jetzt, schnell! Wieder kein »Hallo, Frau Dietz«, Heino war immer noch nicht aufgetaucht – wie hieß er eigentlich mit Nachnamen? – Welche Rolle spielte das; warum war er nicht im Garten? Es hatte aufgehört zu regnen, sein Wagen war doch da – warum war er ausgerechnet heute dringeblieben? Er beobachtete doch sonst alle, unheimlich war das – Warum war er nicht da? Sicher hätte er Jonas gesehen, sie hätte ihn fragen können. Aber Heino war nicht im Garten bei seinen Rosen, was machte ein Mann mit so vielen Rosen? Unwichtig; da endlich, die Nachbarin: »Hallo, Frau Hansen, haben Sie Jonas gesehen?«

»Ist er denn nicht zu Hause?«

»Nein, er hat seinen Schlüssel vergessen, und ich kann ihn nicht finden, ich hab schon alle seine Freunde angerufen, und ich weiß einfach nicht wo er steckt, ich hatte gehofft …«

»Ich hab ihn nicht gesehen. Fragen Sie doch Heino«, ein Blick über die Straße, gerunzelte Stirn, die Sonne brach durch die Wolken, die glänzenden Strahlen auf den Regentropfen schienen zu spotten, »Wo ist er denn? Er steht doch sonst immer bei seinen Rosen.«

»Ich weiß nicht, ich habe ihn noch nicht gesehen, aber sein Wagen steht da, er muss zu Hause sein, entschuldigen Sie, ich muss weiter, Frau Ros fragen –«

»Warten Sie, ich komme mit, das kann doch nicht sein, ein Junge verschwindet doch nicht einfach, irgendwo muss er ja sein«, wieder ein Blick über die Straße, immer noch niemand zwischen den Rosen, »ist Ihnen auch aufgefallen, dass Heino in letzter Zeit merkwürdig war?«

»Nein, ja, ich weiß nicht … Ah, Frau Ros, Guten Tag, haben Sie Jonas gesehen?«

Aber auch Frau Ros hatte Jonas nicht gesehen, auch nicht Herr Zumig von gegenüber oder einer der anderen Anwohner in der Luisengasse. Sie versammelten sich in einer kleinen Gruppe mitten auf der Straße und sahen erbost den Autofahrern nach, die es wagten, sie anzuhupen. Ab und zu sah jemand zu dem leeren Vorgarten und dem Auto »Karl« hinüber.

Es war Herr Franzen, der es zuerst äußerte. »Ist schon ein bisschen merkwürdig, dass Heino und der Junge am gleichen Tag nicht auftauchen«, sagte er. »Ich meine ja nur.«

Aber Heino würde doch nie – sicher, er war merkwürdig – aber Jonas ist erst acht – Heino würde nie was? – woran Sie immer gleich denken ... aber Sie haben Recht, es ist merkwürdig – sag ich doch – wo steckt der Junge bloß – man sollte die Polizei rufen – sollte man wirklich – was würde Heino nie? – wir wissen gar nichts über ihn – der redet ja nie – hört immer nur zu – sicher hat er was zu verbergen – er immer bei den Kindern mit seinen Süßigkeiten – man hört ja so einiges in den Nachrichten – aber Heino ist immer so nett ...

»Was würde Heino nie?«, piepte die kleine Lara erneut dazwischen, doch bevor irgendjemand sich eine Antwort zurechtlegen konnte, erklang ein leises Geräusch, inmitten der sich ausbreitenden Stille, ein schreckliches Geräusch wie ein Schrei, ein furchtbarer Schrei, und er kam aus Heinos Haus.

Das war zu viel für Frau Dietz, sie musste es jetzt wissen, straffte die Schultern, stürmte über die Straße, stieß das Gartentor auf, läutete Sturm an der Tür. Wieder dieser schreckliche Ton, und er kam von drinnen, ganz eindeutig, daran gab es keinen Zweifel, kein Mensch sollte so schreien; Frau Dietz hob die Hand, um gegen die Tür zu hämmern, um sich irgendwie drinnen Gehör zu verschaffen, doch die Tür öffnete sich von ganz allein, und da stand Heino, lächelnd wie immer, und sagte: »Guten Tag, Frau Dietz, kommen Sie doch rein.«

Frau Dietz starrte sprachlos. Da bemerkte Heino die Menge hinter Frau Dietz, die ihr gefolgt war, über die Straße, durchs Gartentor, den kleinen Weg entlang, die Menge, die in seinem Garten stand, als wolle sie das Haus stürmen; er runzelte die Stirn, er wirkte verunsichert, nein, schuldbewusst, aber dann hellte sich sein Gesicht wieder auf und er fragte: »Möchte vielleicht jemand eine Tasse Kaffee?«

Und dann erschien Jonas hinter ihm im Türrahmen, eine Klarinette in der Hand, und er hielt sie hoch und erklärte: »Das ist Liselle, Mama«, und dann hob er das Instrument an die Lippen, blies kräftig hinein, und da war er wieder, dieser furchtbare Ton.

Kerstin Böttcher, 1989 in Eutin/Schleswig-Holstein geboren, besucht die 13. Klasse der Eichendorffschule in Kelkheim. Bisherige Veröffentlichung: Teilabdruck des Textes »Verflucht« in der Anthologie »Open Poems Open Writing 07/08 – Texte aus den Literaturwerkstätten des Open Mike«.

Moritz Anton Gause

Jena Paradies

Frühling als wir
zwei spazierengingen
Jetzt fällt das Licht schon schräg
auf taumelnde Hummeln
In blassgrünen Bäumen
streiten Raben um
rote Äpfel

Moritz Anton Gause, 1986 in Berlin geboren, studiert in Jena Kunstgeschichte und Literaturwissenschaft.

Katrin Pitz

Bilder im Kopf und Fotos in Alben

Manchmal, wenn mir langweilig ist, denke ich an Kinderspiele, die ich spielte, als ich noch zu Hause wohnte. Ich bin mir nie sicher, wie gut ich mich erinnern kann. Von den Pappkartons, manche an den Ecken mit Tesafilm geklebt, hatten sicher nicht alle den Inhalt, den ich mir heute in sie hineindenke. Und doch, bei einigen, da bin ich mir sehr sicher, da kenne ich noch Lieblingsspielfiguren und Memorykartenbilder, vor allem den Kugelfisch. Platzen muss er doch, platzen muss er, habe ich gedacht, und zwar ziemlich bald. Jedes Mal, wenn ich das Pärchen aufgedeckt hatte, dachte ich ans Platzen des Kugelfisches, bevor ich es auf meinen Stapel legte. Mein Stapel war der einzige Stapel. So konnte ich mir Zeit lassen, weil es kein Anderreihesein gab. Ich konnte mir Geschichten einfallen lassen zu jedem Kärtchen, wenn ich Lust dazu hatte. Doch beim Kugelfisch war der erste Gedanke immer das Platzen und dann wollte ich wissen, womit dieser Körper gefüllt ist. Denn nur Luft kann es nicht sein, die einen so aussehen lässt. Ich glaube, Reime vor mich hin gesagt zu haben, während ich spielte. Im Sprechtakt drehte ich die Kärtchen um, rückte aber auch Plastikmännchen vor oder steckte Teilchen zusammen. Ob ich die Reime in der Schule gelernt oder mir selbst ausgedacht habe, kann ich nicht mehr sagen. Ich weiß, dass mir selten langweilig war, damals. Ich hatte ein Regal voller Spielekartons und einen Kopf voller Ideen, der jedem dieser Kartons mehr als die eine, in der Anleitung beschriebene Möglichkeit entlockte. Es machte mir lange nichts aus, zu Hause zu wohnen, denn wovon weiß man schon etwas, wenn man jung ist. Zu Hause ist einem wie in den Bauch gepflanzt.

In der Küche sitzt Mutter und hat Kakao gekocht. Auf den Tisch wird sie Marmorkuchen gestellt haben, den fertigen von Aldi. Sie wird die Stücke nicht auf einen Teller gelegt haben. Auf der aufgerissenen Plastikverpackung werden sie in der Mitte des Küchentischs liegen, ungleich dick und schief abgeschnitten, weil Mutter zittert. Doch der Kakao ist selbst gekocht und darauf kommt es schließlich an. Ihr gegenüber sitzt ein Junge aus der Nachbarschaft und neben ihm ist noch ein Platz frei für mich. Nachbarjungs gibt es genug. Sie haben alle dieselben an den Knien abgeschürften Jeans und bunten Daunenjacken mit herumgeschlagenen Ärmeln, weil sie zu groß gekauft wurden. Namen konnte ich mir schon immer schlecht merken und so weiß ich nur selten, wer da bei Mutter in der Küche sitzt. Sie wird der Mutter des Jungen erzählt haben, wir wollten zusammen spielen. Doch ich sitze in meinem Zimmer und habe abgeschlossen, was ich tue, seit ich zum Schlüsselloch reiche. Sie vertröstet das Kind wie immer mit Kakao und Kuchen und tut so, als würde ich doch jeden Moment noch kommen. Sie wird ihm meine Lieblingstasse gegeben haben und ich weiß nicht, ob sie das tut, um mich zu ärgern, oder bloß, weil sie es sich nicht merken kann. Eigentlich weiß auch sie, dass sie die Nachbarsjungs nicht meinetwegen einlädt. Vater kommt nicht herein, wenn er Stimmen in der Küche hört. Er geht dann sofort ins Wohnzimmer. Das ist der einzige Grund. Doch irgendwann wird auch dieser Junge seinen Kakao ausgetrunken haben und Mutter wird ihn zur Tür bringen mit Augen so dunkelbraun und traurig wie das zurückgebliebene Pulver am Tassenboden. Ich werde die Tür geschlossen lassen, obwohl es kaum etwas nützt, weil der Spalt zwischen Boden und Tür so groß ist, dass er jedes Geräusch durchlässt. Aber ich kenne meine Reime und sage sie so laut vor mich hin, bis ich nichts mehr höre.

In einem stillen Moment bin ich gegangen. Ein Aufschließen meines Zimmers, ein Abschließen der Haustür hinter mir, dazwischen ein paar Schritte auf Zehenspitzen. In eine Jackentasche hatte ich ein Kugelfisch-Kärtchen gesteckt. Das andere hatte ich Mutter aufs Nachtschränkchen gelegt und ich glaube, sie hat mich verstanden, wenn auch erst zwei Jahre später. Sie hat getan, was ich schon immer getan hatte. Sie hat abgeschlossen und nicht aufgemacht, als sie sollte. Vater ist einige Male wiedergekommen und hat vor der Tür gewütet, aber nicht mehr drin. In einem Alter, in dem es normal gewesen wäre, von zu Hause auszuziehen, bin ich wieder eingezogen. Mutter hat Kakao gekocht und ich hatte immer meine Lieblingstasse, weil keine Nachbarsjungs mehr eingeladen wurden. Doch Mutter zitterte immer stärker und nahm ab. Ich glaube fast, sie wurde nicht nur dünner, sondern schrumpfte auch. Nachts im Schlaf schrie sie manchmal und so fing ich an, die Reime, an die ich mich nur noch schlecht erinnerte, wieder aus den Ecken meines Kopfes hervorzuholen, damit ich etwas hatte, das ich vor mich hinsagen konnte, um sie zu übertönen. Ich hätte ihr sagen können, sie solle zum Arzt gehen, doch das tat ich nicht. Ich hatte mich gerade an das neue zu Hause gewöhnt und wollte nicht, dass man sie ins Krankenhaus bringt. Es waren nur einige Tage, die mir so blieben, bis ich doch allein war, aber immerhin.

Irgendjemand muss es Vater gesagt haben, dass ich wieder da bin und Mutter nicht mehr. Nachbarn gibt es immer noch genug. Jetzt traut er sich auf einmal wieder, vor der Tür zu stehen und zu klopfen. Doch ich mache nicht auf. Er würde Dinge holen wollen, die nie ihm gehört haben, sondern Mutter. Nur eins will ich ihm geben. Ich hole das zweite Kugelfisch-Kärtchen und schiebe es unter der Tür hindurch, obwohl ich nicht glaube, dass er verstehen wird. Wenn die Nachbarn fragen, warum ich mich in der Wohnung verschanze und ihm nicht öffne, wird er ihnen erzählen, ich sei verstört und es liege an meiner schwierigen Kindheit. Aber er hat keine Ahnung, denn nur ich habe die Bilder im Kopf und die Fotos in Alben, wie es wirklich war. Ich, ich mochte meine Kindheit, nur das zu Hause war schlimm.

Katrin Pitz, 1989 in Marburg-Wehrda geboren, studiert Maschinenbau an der Technische Universität Darmstadt. Bisherige Veröffentlichungen: Beiträge in: »Hinter der Stirn« und »Während du wegsiehst« (Anthologien zum Treffen Junger Autoren 2004 und 2008), »Destillate« des Literaturlabors Wolfenbüttel (2007), »Nagelprobe 23«, (2006), »Nagelprobe 24« (2007) und »Nagelprobe 25« (2008).

Markus Sehl

Auf der anderen Seite

Taubnesseln vielleicht?
Nein.
Hm, ein Karpfenfisch?
Herr Scholz, ich bitte Sie.
Sie stellen mich heute aber auch ganz schön auf die Probe.
Ich höre, wie Herr Scholz hinter der Trennwand kichert.
Aber ich habe ihnen doch gesagt, es hat ein Horn.
Ein Horn, so so. Das lässt sich hören. Ein Horn also, ruft Herr Scholz fröhlich.
Manchmal ist er ganz vergesslich, denke ich. Das mit dem Horn hatte ich ihm bereits gesagt. Davor hatte ich das Wort »Kabeltrommel« erraten. Nun ist Herr Scholz mit dem Raten dran. Ich mag dieses Ratespiel nicht besonders und spiele nur Herr Scholz zuliebe mit. Jetzt scharrt er in der anderen Kabine mit den Schuhen. Es sind schwarze Halbschuhe zum Schnüren. Ich habe mich einmal auf den Fußboden geduckt. Mit meinem Gesicht ganz nah an dem Fliesenboden und habe unter dem kleinen Spalt hindurchgespäht. Schwarze Halbschuhe mit Gummisohle.
Er räuspert sich. Wahrscheinlich denkt er noch über das Horn nach. Ich höre, wie er raschelnd Klopapier von der Rolle nimmt und sich die Nase schnäuzt. Aber es ist ein Tier, ja?
Nein, kein Tier, sage ich.
Kein Tier, aber ein Horn, soso, wiederholt Herr Scholz.
Mir wird es jetzt zu langweilig. Ich würde viel lieber einfach ein wenig dösen.

Früher war ich wie alle Kollegen aus meiner Abteilung zu den Toiletten bei den Aufzügen gegangen. Der Weg dorthin war für uns alle schlicht der kürzeste und deshalb traf man dort nur auf bekannte Gesichter. Sobald ich die Toilette betrat, begann meine Unsicherheit. Begrüßte man sich untereinander oder schaute man schnell weg. Streckte man seine nasse Hand zum Gruß hin oder wischte man sie erst noch einmal an der Hose ab. Nur Wasser. Ein bisschen Lachen dazu. Wie lange darf man an einem Trockengebläse stehen, wenn andere schon hinter einem warten. Kann man die Toilette einfach wieder verlassen, wenn bereits alle Kabinen besetzt sind.

Andere, das merkte ich, gingen mit diesen Situationen viel unkomplizierter um. Ein dicker vollbärtiger Kollege rief mir am Urinal einmal zu: Alles raus, was keine Miete zahlt. Dann hatte er unter Gelächter ausladende Hüftbewegungen vollführt und mir seine nasse Hand auf den Rücken geklatscht.

Von nun an ging ich zu den Toiletten am Kopierraum. Dorthin zu gehen war eigentlich völlig abwegig und ich konnte mich schnell verdächtig machen. Ich nahm deshalb sicherheitshalber einen Stapel Unterlagen oder einen Ordner mit auf den Weg und bog abrupt in die verwaiste Toilette ab. Irgendwann bin ich dann zum ersten Mal in der Kabine eingeschlafen. Das war nicht geplant gewesen. Andererseits hatte ich die Müdigkeit sehr wohl bemerkt, mich ihrer aber nicht sonderlich erwehrt. Drei Stunden hatte ich geschlafen, so stellte ich nach der Rückkehr an meinen Arbeitsplatz fest.

Am nächsten Tag klappte ich den Toilettendeckel gar nicht mehr hoch, sondern setzte mich gleich darauf, in der Erwartung, ein paar Stunden schlafen zu können. Nun war ich besser ausgerüstet und trug zum ersten Mal seit Jahren wieder meine digitale Armbanduhr mit Weckfunktion. Augewacht bin ich dann aber nicht durch das Wecksignal meiner Uhr, sondern durch eine hohe Männerstimme. Auch schon ne Weile da, wie? Ich schreckte hoch und fühlte mich unangenehm ertappt. Hektisch sah ich mich nach allen Seiten um.

Hallo? Hallo? Drängelte die Stimme. Sie kam aus der Nachbarkabine. Einfach nicht antworten. Ich könnte so tun, als sei meine Kabine unbesetzt. Schnell zog ich die Beine an und stellte die beschuhten Füße auf den Klodeckel. Weitere Vorkehrungen, meine Anwesenheit zu verbergen, waren nicht mehr erforderlich, weil mich ein zischender Niesanfall übermannte. Das passierte mir nach dem Aufwachen häufig. Die Niesgeräusche hingen verräterisch in der weißgekachelten Stille.

Es war die Szene im Film, in der der Kugelhagel verstummt, der Pulvernebel langsam aus dem Bild weht und alle gebannt auf den Eingang der Bank starren. Hallo, sagte ich leise.

Seitdem treffe ich Herrn Scholz regelmäßig. Es ist wohl nicht sein richtiger Name. Ich hatte mir ohnehin keine großen Hoffnungen gemacht, als ich ihn in das blinkende Textfeld des firmeninternen Personenverzeichnisses tippte. Die Kollegen aus meiner Abteilung habe ich natürlich seitdem sehr genau beobachtet. In der Mittagspause mache ich kleine Anspielungen, während wir vor der summenden Mikrowelle auf unsere Minutenterrinen warten. Bei verdächtigen Nachfragen ziehe ich mich aus Angst vor Entdeckung sofort zurück. Trotzdem ist eine Auflösung schließlich nicht ausgeschlossen. Beim Firmenjubiläum oder der Weihnachtsfeier. So zwischen Kartoffelsalat und Gürkchen. Ach nein, sind Sie nicht Herr Scholz aus der Toilette im vierten OG? Herr Beutler, wie freue ich mich. Haben Sie vom Kartoffelsalat probiert? Nein? Müssen Sie aber. Bis morgen, ja? Ich hab da schon ne Idee. Da kommen Sie nie drauf.

Ich nestele an meinem Kopf herum und ziehe ein paar Haare aus der Perücke. Schlafen kann man bei dem Lärm ohnehin nicht. Das Sirene zerschneidet jeden Anflug von Müdigkeit. Über unseren Köpfen schwillt das künstliche Heulen an und ab.

Die Perücke stülpe ich immer schnell über, wenn ich die Toilette betrete. Zur Sicherheit. Dabei ist es so, dass einer von uns immer schon wartet oder raschelnd Zeitung liest.

Ich steige auf den Klodeckel. Sogleich wird Herr Scholz in seiner Kabine unruhig. Was machen sie denn da oben? Können Sie mich von dort sehen?

Nein. Sie mich etwa?

Ich sehe Ihren Haardeckel.

So. Ich stelle mich auf die Zehenspitzen, um aus dem kleinen Fenster nach draußen zu sehen. In der Glasfassade des

Bürogebäudes gegenüber spiegelt sich ein bläuliches Flackern.

Ich setze mich wieder. Herr Scholz trommelt mit seinen Fingern an die Kabinenwand. Jetzt habe ich es, glaube ich … Ein Horn haben Sie gesagt, nicht wahr? Ja, jetzt habe ich es.

Herr Scholz?

Hm, ja was ist denn?

Macht Ihnen der Gestank nichts aus?

Gestank? Ich höre wie Herr Scholz schniefend Luft in die Nase zieht. Nee, ich rieche nichts. Immer noch total zu die Nase. Aber Sie spielen ja gar nicht mehr richtig mit, Herr Beutler.

Doch, Doch.

Nein, ich merke das. Sie sind nicht recht bei der Sache. Ich habe auch Karten dabei …

Vielen Dank. Ich denke, ich möchte einfach ein wenig hier sitzen.

Es könnte auch eine Übung sein. Oder ein Fehlalarm.

Ja natürlich, Herr Scholz.

Also ich meine ja nur. So wie letztes Jahr, als Herr Sonnenschein über das Kabel von diesem neuen Drucker gestolpert ist und mit dem Kopf den Melder eingeschlagen hat.

Ja, ja. Sollten wir nicht doch vielleicht mal nachschauen?

Sind Sie verrückt? Das ist doch viel zu gefährlich.

Sie trauen sich doch bloß nicht aus ihrer Kabine heraus, Herr Scholz, so ist das doch.

Ach glauben Sie? Ich sage Ihnen mal was, Herr Beutler, ich bleibe nur in meiner Kabine, um Sie nicht auch noch unter Druck zu setzen.

Dass ich nicht lache, Herr Scholz.

Na gut, dann bestehe ich darauf, gleichzeitig mit Ihnen aus der Kabine zu treten.

Bitte sehr.

Jawohl, ich zähle bis drei. Eins. Zwei. Drei.

Nebenan wird das Schloss entriegelt.

Ich atme gegen die Tür. Er steht auf der anderen Seite. Die Sirene heult in meinem Kopf. Ich höre nicht mehr, was er sagt. Unter der Kabinentür ragen seine schwarzen Halbschuhspitzen in meine Kabine hinein. Der Türgriff senkt sich. Ich weiche einen Schritt zurück. Er rüttelt noch einmal heftig, dann entfernen sich seine Schritte.

Markus Sehl, 1986 in Darmstadt geboren, studiert Rechtswissenschaft in Freiburg im Breisgau. Zurzeit Auslandsaufenthalt in Istanbul. Bisherige Auszeichnungen und Veröffentlichungen (Auswahl): Bundespreisträger »Treffen Junger Autoren« (2006); Beiträge in: »Nagelprobe 24« (2007), »Nagelprobe 25«, in der Anthologie »Ganz nah gegenüber« (2007), in »L. – Der Literaturbote« und auf »Zuender«, dem Jugendableger von »Zeit Online«.

Daniela Wolf

Traumsterilisation

Kritisch hob die Bibliothekarin hinter dem Computerbildschirm ihren Blick und musterte den unsicher wirkenden Jugendlichen über die Auskunftstheke hinweg.

»Haben Sie diese Woche neue Alpträume hereinbekommen?«, fragte er und knetete dabei seine Finger.

Manche Fragen hörte man so oft, dass jede Antwort vollkommen automatisch abgespult wurde. Innerlich mit den Augen rollend wies Christiane auf die Regale hinter sich. »Die Neuerwerbungen stehen hier. Alpträume findest du unter Horror ... suchst du denn etwas Bestimmtes?«

Der Junge schüttelte den Kopf, während er sich schon an der Auskunftstheke vorbei schob und den Ausstellungstisch inspizierte.

Christiane runzelte die Stirn. So jung, wie er aussah, waren Alpträume sicher nicht angemessen. Hoffentlich kam bald das Gesetz zur Altersbeschränkung der Traumausleihen.

Seufzend sah sie sich kurz um, ob noch weitere Kunden eine Antwort verlangten, bevor sie ihre Aufmerksamkeit wieder dem Computerbildschirm widmete. Neben dem Gerät stapelten sich die Traumdiscs, die alle erfasst werden mussten. Doch noch immer hatte sie nicht damit begonnen.

Unwillkürlich legte Christiane ihre Hand auf die Hosentasche, in der bleiern die Traumdisc lag, die sie eingesteckt hatte. Einfach so.

Vor ihr landete auf der Theke wie aus dem Nichts eine Zeitung.

»Sieh dir das an«, schüttelte ihre Kollegin Julia fassungslos den Kopf, »die Zahl der Traumsterilisationen ist weiter gestiegen. Unglaublich ... warum machen Menschen so etwas? Alleine der Gedanke, dass irgendjemand in meinem Kopf herum werkelt ... « Es schüttelte sie sichtbar.

Christianes Hand spielte unbewusst mit der Computermaus: »Manche wollen nicht, dass ihre Träume gespeichert und der Öffentlichkeit bereitgestellt werden.«

Alleine in dieser Stadt wurden jede Nacht beinahe dreißigtausend Träume gespeichert, wovon die meisten nur wirre Schnipsel waren, in denen keiner mehr etwas erkennen konnte. Die etwas verständlicheren Träume wurden von Kontrolleuren aussortiert und an die Bibliothek weiter gereicht, wo sie in die Datenbank eingepflegt und suchbar gemacht wurden. Träume hatten höhere Ausleihquoten als Bücher und Filme zusammen ... der Hauch Realismus machte sie für die Leute interessant.

In einer theatralischen Geste warf Julia die Hände in die Luft: »Ja, aber warum nicht? Das ist das, was ich nicht begreife. Die einzigen, die damit Probleme haben könnten, sind diejenigen, die etwas zu verbergen haben und nicht wollen, dass es sich unbewusst in ihren Träumen zeigt.« Sie beugte sich vor und tippte demonstrativ auf die Schlagzeile: »Niemand sollte Geheimnisse haben. Das ist der Grundstock unserer Gesellschaft ... wo kämen wir denn da hin, wenn ein Personalchef so gut wie nichts über seine Mitarbeiter wüsste?« Es war schwer, Julia Einhalt zu gebieten, wenn sie ein Thema gefunden hatte, bei dem sie ihre Meinung kundtun konnte.

Christiane ließ ihren Blick zur Ausleihtheke am anderen Ende des Raumes schweifen, vor der sich zu ihrem Glück eine Schlange zu bilden begann. »Der Andrang ist ziemlich groß, du solltest besser wieder zurückgehen«, meinte sie.

Ihre Kollegin wandte sich um und verzog dann das Gesicht: »Ich hasse den Thekendienst.« Während sie den Raum durchquerte, warf sie ihr über die Schulter noch ein kurzes »Bin gleich wieder da!« zu.

Erleichterung breitete sich in Christiane aus, als sie alleine war. Noch immer blinkte ihr der Cursor auf der Eingabemaske höhnisch entgegen, aber sie konnte es nicht über sich bringen, die Traumdisc aus der Tasche zu nehmen und sie ordnungsgemäß zu katalogisieren.

Genau genommen war es nicht einmal Diebstahl, schließlich handelte es sich um ihren eigenen Traum. Das jedenfalls versuchte sich Christiane einzureden.

Mehr als je zuvor wünschte sie sich, ihren Dienst an der Auskunftstheke fallen lassen zu können, um sich in ein Büro zurückzuziehen. So aber musste sie die Zeit aussitzen, obwohl ihr schlechtes Gewissen sie von innen heraus aufzufressen drohte.

Wieder und wieder zuckten ihre Hände, als sie mit sich rang, ob sie die Disc nicht doch katalogisieren sollte. Aber dann fiel ihr wieder ein, wovon sie geträumt hatte.

Warum nur, warum musste sie jetzt von ihrer Jugendliebe träumen? Seit sechs Jahren war sie verheiratet, nie hatte sie einen Gedanken an jemand anderen verschwendet und auf einmal kamen diese Träume. Was nur, wenn ihr Mann die Disc auslieh? Er konnte ziemlich eifersüchtig werden …

»Hey!«, Julias Stimme ließ sie zusammenzucken, »gehen wir nachher gemeinsam Mittagessen?« Offensichtlich hatte sich die Schlange schneller aufgelöst als erwartet.

»Ähm«, Christiane stolperte über ihre eigenen Gedanken, »tut mir leid, ich bleibe hier. Ich muss noch was erledigen.«

Ihre Kollegin zuckte mit den Schultern: »Na gut, wie du meinst.«

Während Julia wieder auf ihren Platz zurückkehrte, nahm Christiane die Traumdiscs und begann, sie zu katalogisieren. Ihr Herz pochte laut und sie fürchtete schon, jemand könnte es hören. Der Entschluss, der in ihr gereift war, ließ ihre Hände schwitzig werden. Es war schwer, die letzte halbe Stunde ihres Thekendienstes zu überstehen, bevor sie endlich abgelöst wurde und in ihr Büro verschwinden konnte.

Normalerweise ließ sie die Tür sperrangelweit offen stehen, aber heute war sie dazu nicht in der Lage. Sie verbarrikadierte sich regelrecht dahinter und zog dann die Traumdisc hervor, um sie in die tiefste Ecke ihrer Handtasche zu stopfen.

Mit zittrigen Knien ließ sie sich auf ihren Drehstuhl nieder. Apathisch starrte sie auf die Tasche, als könnte sie die Disc durch das Leder hindurch sehen. Wie die meisten Menschen hatte sich Christiane nie etwas zu schulden kommen lassen. Sie hatte nie in der Schule abgeschrieben, nie falsch geparkt und immer ihre Steuern rechtzeitig bezahlt. Sie befand sich damit in guter Gesellschaft, denn seit Träume archiviert und veröffentlicht wurden, war die Kriminalitätsrate drastisch gesunken ... was zur Folge hatte, dass jedes Vergehen wochenlang die Schlagzeilen der Zeitungen dominierte.

Christiane sah es schon vor sich, wie die Überschrift zu ihrem Fall aussehen würde. Erschreckend kurz und nüchtern, irgendwas in der Art wie »Bibliothekarin stiehlt Traumdisc«. Drei Worte, die ausreichten, um ihr Leben zu zerstören.

Was war nur, wenn sie nicht nur von ihrer Jugendliebe, sondern auch vom Diebstahl träumte? Sie konnte nicht jede Disc stehlen, irgendwann würde jemand anderes die Katalogisierung übernehmen. Außerdem würde es auffallen, wenn ihre Träume niemals in die Bibliothek gelangten.

Es gab nur einen Ausweg.

Mit schweißnassen Händen fuhr sie ihren Rechner hoch und öffnete den Internetbrowser. Nach einer kurzen Suche fand sie die Nummer der Klinik. Vielleicht konnte man sie schon am Samstag operieren – und wenn sie am Montag zur Arbeit kam, würde sie nie mehr träumen.

Welch eine herrliche Vorstellung.

Daniela Wolf, 1984 in Frankfurt am Main geboren, schloss 2008 ihr Studium (Information Science and Engineering mit Schwerpunkt Library Science) an der Hochschule Darmstadt als Master of Engineering ab. Derzeit absolviert sie ein Praktikum bei einer IT-Unternehmensberatungsfirma in Wiesbaden. Bisherige Veröffentlichungen: Gedicht »Einsamkeit« in der »Nationalbibliothek des deutschsprachigen Gedichtes – ausgewählte Werke IV« (2001); Beitrag in »Nagelprobe 23« (2006).

Autorenwerkstatt

Romina Voigt

Vor mir liegt

ein Würfel, blau, und
was sollte man mehr
dazu sagen, als dass

er nun hier liegt und
vielleicht denke ich an einen
Kölner Dichter, der geschrieben hat

von seinen Schuhen auf dem Boden
und dass sie dort vor ihm lagen,
was nun auch Gegenstand sein kann

des Schreibens an einem Morgen
mit Regen und versperrten Wegen,
obwohl die Sicht weit ist von hier,

so weit, dass man sich bis nach Köln
denken kann, in die Stube eines Dichters,
der über seine blauen Schuhe schrieb

in einem anderen Gedicht.

Romina Voigt, 1985 in Suhl geboren, studiert Literaturwissenschaft und Philosophie an der Friedrich-Schiller-Universität in Jena. Von Januar bis März 2009 absolvierte sie ein Praktikum am Goethe-Institut in Stockholm in der Abteilung Kulturelle Programmarbeit.

Alice Kerpen

Wie es da lag

Wie es da lag, sah es aus, als hätte es die Füße eingekrümmt, weil um es herum zu wenig Platz war. Es lag barfuß, es trug ein Nachthemd. Marita saß an seinem Kopfende und starrte aus dem Fenster. Marita, sagte ich, Marita. Ich erschrak nicht, als sie zur Seite fiel, ich hatte es fast erwartet. Der Teppich dämpfte das Geräusch des Aufpralls.

Die Fingernägel waren so sauber. Wir trugen alle Dreck unter den Nägeln. Karl stand mit dem Teppichmesser in der Tür. Der Teppich muss aber hier raus, sagte er. Er kratzte sich die schorfige Stirn, verunsichert, weil ich nicht reagierte und weil Marita nicht anzumerken war, ob sie noch atmete oder nicht. Maritas Haar glänzte fettig, es hatte sich aus dem Knoten gelöst und verteilte sich langsam wie eine Blutlache rund um ihren Kopf auf dem Teppich.

Wie es da lag, mit den gekrümmten Füßen und den sauberen Händen, die hatte Marita ihm gesäubert, und der Bestatter hatte gesagt, nein, Sondergröße, was denken Sie sich, bestellt ist bestellt. Und als es geboren wurde, war es bedeckt gewesen von weißem Flaum, als habe es in Milch gebadet, und ich hatte gesagt, Marita, es ist so schön wie du, und du bist so schön, wie innen ausgefüllt mit Milch, und sie hatte gelacht und ihre Hand auf meine Wange gelegt und ich meine Hand auf ihre. Als es geboren wurde, war es schon zu klein gewesen und dennoch hatte es sich in seinem Bettchen gekauert, als würden dessen Seitenwände auf es zukommen. Karl hatte am Bett gestanden und gesagt, was macht es da, so was macht doch kein Kind.

Marita hatte es gebadet und sauber gehalten, und dann hatte sie immer gesagt, es riecht so gut, aber das war auch nicht schwer, denn Karl und ich stanken von der Arbeit und nach Stall, nur manchmal, da rochen wir süßlich nach Sägemehl, aber waren staubig. Marita hielt es in die Luft und sagte, es wird nicht so wie ihr, und ich ließ mich Abend für Abend langsam ins Badewasser rutschen, bis mein Kopf unter Wasser war und ich die Augen öffnete, die brannten im Seifenwasser, aber ich wollte sauber sein, lückenlos sauber, und wenn ich aus dem Wasser stieg, klebte unter meinen Nägeln noch immer der Staub. Manchmal setzte sie es auf meinen Schoß, wo ich es unsicher hielt, weil es strampelte und nicht still halten wollte, dann legte ich meine Nase vorsichtig auf seinen Kopf und atmete ein und aus und verstand, was Marita meinte, bis es irgendwann zu weinen begann und Marita es mir wegnahm und fragte, was machst du nur wieder, sieh doch, was du wieder angerichtet hast.

Wie es da lag, ich wusste nicht, wohin sein Blick ging. Die Decken waren niedrig, und vielleicht hatte es nicht mehr genug Platz gehabt, wie es wuchs, wie es sich frei gestrampelt hatte aus Maritas Armen und auf seinen schiefen Beinen über den Teppich stakste. Aus seinem Kopf wuchs Haar so hell und fein wie Staubflusen. Es erschrak immer, wenn es Karl hörte, der in seinen schweren Stiefeln die Treppe herauf polterte, und Maritas Herz schneller zu schlagen begann, weil sie ebenso erschrak; sekundengleich rissen sie die Augen auf, atmeten im gleichen Takt, beinah lautlos, bis Karls Schritte verstummt waren. Nachts schlossen Marita und ich einen Kreis um es, wo es schlief mit offenen Mund und so klein wirkte, als könne man es mit einer Hand aufnehmen. Wie schön es ist, Marita, sagte ich, und sie weinte sich leise in den Schlaf.

Marita hatte es immer mit nach draußen genommen, wenn die Sonne schien, und ihm zugesehen, wie es über den Hof stolperte und Steinchen für Steinchen aufhob, sie hatte es nicht festgehalten, wie es auf das Tor zustrebte, sie war ihm langsam gefolgt, jeden Tag, und hatte zugesehen, wie es wuchs und sein Gang sicherer wurde und es zu lachen begann und zu reden. Seht ihr, hatte Marita gesagt, irgendwann wird es das Tor öffnen und einfach gehen, und sie sagte es ohne Trauer in der Stimme. Ich fragte mich, wie lange sie, wie lange Marita noch bleiben würde. Wenn Karl von der Arbeit kam und der Tag war schlecht gewesen, wenn seine schweren Schritte das ganze Haus erschütterten, dann rannte es immer wie irr von Wand zu Wand und war so klein, dass seine Hand nicht an die Türklinke reichte. Dann war es so unsichtbar, dass ich es nicht bemerkte, wenn ich ins Zimmer kam und mich in Maritas Armen zusammenkauern wollte, bis wir vor Maritas Brust mit den Nasen zusammenstießen. Da bist du ja, flüsterte ich, und es schwieg und wischte sich Maritas Tränen von der Stirn.

Wie es dann fiel, hatte Marita schon den Koffer gepackt und verschnürt. Es hatte den Koffer auf dem Stuhl gesehen und den Stuhl an das Fenster geschoben und das Fenster geöffnet, und es hatte nur noch einen Schritt machen wollen. Nur noch einen. Es war draußen auf dem Hof gelandet, und das Tor hatte offen gestanden. In seinem Blut hatten die Steinchen geklebt, und als Karl es hereingetragen und auf das Bett gelegt hatte, war Steinchen für Steinchen herab gefallen und hatte Marita den Weg ins Zimmer gewiesen, als sie nach Hause kam und später dem Bestatter, der Maß genommen hatte mit seinem Maßband, das er auf Knopfdruck zurück in seine Hülle rasen lassen konnte. Mit seinen klobigen Schuhen hatte er die blutigen Steinchen im Teppich festgetreten.

Er hatte es fest mit beiden Händen, mit Handschuhen gefasst und in den maßgefertigten Sarg gelegt. Später hatten Marita und ich es wieder herausgeholt. Es hatte dagelegen und sich in seine Maßanfertigung gekauert, als würden deren Seitenwände auf es zukommen.

Der Teppich muss aber raus, sagte Karl, der in der Tür stand. Wie er ins Zimmer gekommen war, war es nicht erschrocken. Ich atmete ein und aus und sah durch das Fenster das Tor, das wieder geschlossen war.
    Ich drehte mich zum Bett und sah, wie es da lag, dass es wieder weiß war wie bei seiner Geburt, weiß wie Milch und weiß wie Marita, so schön, so schön wie von innen ausgefüllt mit Milch. Marita, sagte ich. Marita.
    Aber Marita schwieg.

Alice Kerpen, 1984 in Andernach geboren, studiert Diplom-Pädagogik an der Philipps-Universität Marburg. Bisherige Veröffentlichungen: »Und draußen regnet es. Lyrik und Prosa« (2007), Beiträge in »L. – Der Literaturbote« (Nr. 87), »Zeichen und Wunder« (18. Jg., Nr. 49) sowie in »Nagelprobe 19« (2002), »Nagelprobe 21« (2004), »Nagelprobe 24« (2007) und »Nagelprobe 25« (2008). Sie ist Autorin bei der Marburger Lesebühne Late-Night-Lesen.

Olga Erbe

Perfect Man

Irgendwann musste es passieren. Wir landeten in einem Bett. Der Mann meiner Träume liegt jetzt neben mir. Körperlich ganz nah und geistig doch so weit, in seinen Gedanken. Hübsch. Möglicherweise schon zu hübsch für meinen Geschmack. Seine mädchenhaften Lippen sind rot, die Haut so glatt, wie Porzellan. Und trotz allem männlich. Sehr männlich, aber auch sensibel und einfühlsam. Abwesend schaut er auf die Decke. Woran denkt er wohl? Möglicherweise an unser heutiges zufälliges Treffen. Doch es kann kein Zufall sein, dass wir uns ausgerechnet am Heiligen Abend begegneten. Ich glaube daran, dass alles bereits vorher im Himmel entschieden worden ist. Mit anderen Worten ist es Schicksal.

Er trägt Schwarz. Hugo Boss. Er trägt es sehr gelassen. Nicht so angespannt wie die anderen Männer. Er trägt es nur für sich und schaut sich nicht um, um die Frauenreaktion auf sein Erscheinungsbild festzuhalten. Es ist ihm auch unwichtig, ob sein Hugo Boss ungebügelt oder zerknittert aussieht, sonst würde er ihn sicherlich ausziehen, bevor er mit mir ins Bett ginge. Natürlich, könnte ich es auch tun. Aber ich will in das Schicksal nicht mit Gewalt eingreifen, ich will nichts erzwingen. Wenn es sein muss, wird es schon von selbst geschehen.

Zum ersten Mal liege ich auf einem Bettlaken aus Seide. Nicht dass ich auf Luxus verrückt wäre, aber alles in allem – der Mann in Hugo Boss und Seidenbettlaken – sehr aufregend.

Ich traue mich nicht, ihn anzusprechen. Ist er verheiratet? Hat er Kinder? Ich will es nicht wissen. Oder doch? Aber ich darf ihn nicht ausfragen, sonst würde er denken, dass ich eine Klammertussi bin, die ihn auf dem schnellsten Wege zum Standesamt zu bringen versucht.

Es ist besser, wir kennen von einander so wenig wie möglich. Ich kann mir sowieso sein Leben ziemlich genau vorstellen: Er ist Absolvent einer Privatuniversität, sein Vater ein Anwalt, seine Mutter studierte Kunstgeschichte, hatte es aber nie nötig zu arbeiten und drückt ihr künstlerisches Talent jährlich zu Ostern und Weihnachten bei der Dekoration des Hauses aus. Zur Zeit arbeitet er an der Börse. Er gehört zu den Menschen, die jeden Morgen genau diese Seiten in der Zeitung suchen, die ich zu überspringen pflege. Börsenkurse. Ich verstehe nichts davon, aber er versteht alles. Er durchschaut dieses ganze System. Sonst vertraue ich keinen Männern, aber einem Mann, der das Ganze durchdringt, könnte ich vertrauen. Auf ihn ist Verlass.

Wir trafen uns am heutigen regnerischen Vormittag. Gerade als ich an einer Haltestelle auf die Straßenbahn wartete, fuhr er in seinem goldenen Porsche Cayenne vorbei. Er sah mich am Straßenrand und verstand, dass ich die Richtige für ihn war. Er hielt neben mir, obwohl es gerade da, wo ich stand, streng verboten war. Er stieg aus und schaute mich an. Er sah mich einfach nur an. Und ich? Ich wusste sofort, dass er mein Mann war, und konnte meinen Blick nicht von ihm abwenden. Die Straßenbahn war inzwischen angekommen, konnte jedoch an seinem Geländewagen nicht vorbei fahren, da er im Parkverbot zu nah an den Schienen parkte. Es brach ein Chaos aus. Der RMV musste einen Ersatzverkehr mit den Taxis für die Passagiere organisieren, die wegen uns nicht weiter konnten. Alle schimpften auf ihn. »Wegen diesen blöden Krawattenträgern können wir nicht rechtzeitig nach Hause kommen und verpassen unsere Lieblingsserie.« Das Volk war empört, aber uns war es egal. Er lud mich zum Einsteigen ein. Und ich, obwohl ich sonst nie so etwas Leichtsinniges tue, stieg dieses Mal ins Auto eines völlig Fremden ein. Ja ...

Alles nur Lüge. Aber was soll ich erzählen? Die Wahrheit? Die Wahrheit ist anders! Die Wahrheit ist keineswegs romantisch!

Wir trafen uns nicht an einer Haltestelle. Wir trafen uns im dritten Stock (Männerkonfektion). Ich wollte ihn heute Nacht unbedingt in meinem Bett haben. Ich zog ihn zu mir, aber er war am Fußboden festgeschraubt. Und obwohl ich sonst meinem Prinzip »Nichts zu erzwingen« konsequent folge, war es an dem Abend nicht möglich, mich anders zu verhalten, als ihn mit aller Kraft vom Platz zu entfernen. Ich weiß nicht, wer ihn so befestigt hat. Das müssten die Deppen von der Dekorationsabteilung gewesen sein. Es war eindeutig nicht vorgesehen, dass jemand diese Befestigung genau wie die Schleifen auf den Schaufensterpäckchen, genau wie die Preisaufkleber auf den Waren, angreift. Zumindest nicht so, dass die Grundsubstanz am Ende des Angriffs unversehrt bleibt. Auf jeden Fall habe ich mit der Nagelfeile circa zwei Stunden gebraucht, um ihn abzuschrauben. Dann schleppte ich ihn auf meinem Rücken in den fünften Stock zu den Haushaltswaren und legte ins Bett. Er ist toll. Er labert nicht so viel wie die anderen und versucht mich nicht bereits nach der ersten Verabredung zu ficken. Er liegt ruhig auf dem Rücken in seinem Hugo Boss und denkt über sein Leben nach.

Um ehrlich zu sein, ich beobachte ihn schon seit drei Jahren. Genau so lange, wie ich in diesem Kaufhaus arbeite. Er hat mir schon immer gut gefallen. Immer wenn ich in den dritten Stock zum Kundenservice musste, lief ich einen kleinen Umweg, um nur an ihm vorbei zu kommen. Er war immer da und wartete auf mich. Irgendwann musste es also passieren.

Heute ist der Heilige Abend und ich bin nicht, wie an allen anderen Tagen, von der Arbeit nach Hause gegangen. Ich wusste, er würde sich freuen, den Abend mit mir zu verbringen, und ich selbst hatte auch nichts Besseres zu tun. Bis Mitternacht werden wir eine Flasche Champagner leeren, die aus der Delikatessenabteilung stammt, und dann schlafen wir friedlich ein.

Die Sicherheitsbeamten kommen erst morgen. Sie werden uns im Bett ertappen, ich werde gefeuert und höchstwahrscheinlich für ein paar Jahre in die Klapse gesperrt. Doch meine Liebe zu ihm wird mich am Leben halten. Und an dem Tag meiner Entlassung komme ich direkt zu ihm. Ich berühre ihn ganz leicht an seinen Fingerspitzen und danke ihm für diese unvergessliche Nacht. Ich sage ihm, dass sie es wert war. Und bevor er mich in einer kaufsüchtigen Menschenmenge aus den Augen verliert, drehe ich mich um und flüstere: »Bis morgen.«

Olga Erbe, *1984 in Minsk (Weißrussland) geboren, studierte von 2001 bis 2003 Internationales Recht an der Universität Minsk. 2004 begann sie ein Jurastudium an der Johann Wolfgang Goethe-Universität in Frankfurt am Main. Bisherige Veröffentlichungen: Kurzgeschichten in der Literaturzeitschrift »Zeichen und Wunder« sowie in »Nagelprobe 25« (2008).*

Diana Jung

Unfaithful (Rihanna)

»Story of my life, searching for the right, but it keeps avoiding me ... «

Robyn schaltet das Radio aus. Sie nippt immer wieder an ihrem Kaffee, ihren Blick ins Leere gerichtet, ihre Beine fest an den Körper gedrückt. Sie fühlt sich schlecht. Sie fühlt sich verlogen und hasst es, ihren Freund zu hintergehen.

»Guten Morgen, Schatz. Du bist wieder spät gekommen, oder?« Er küsst sie sanft auf die Stirn.

Jetzt muss sie fast weinen, aber bleibt hart. »Ja. Ja, ich weiß. Tut mir leid, ich bemüh' mich, nicht mehr so spät zu kommen. Okay?«, sie starrt dabei aus dem Fenster.

Er nimmt sich auch einen Kaffee und setzt sich vor den Fernseher. Lincoln ist ein gutmütiger Afroamerikaner und arbeitet in einer Detroiter Autofabrik. Robyn und er sind seit sechs Jahren ein Paar und er plant seit Langem, ihr einen Antrag zu machen. Er schaut seine Lieblingsserie »Friends«, die er unter der Woche wegen seiner Arbeit immer verpasst, jeden Samstag am Morgen. Robyn denkt weiter nach und lässt ihren Blick durch das Fenster über das ganze Viertel schweifen. Eine trostlose Gegend. Aber hätte sie ihren Freund nicht, ginge es ihr vermutlich noch schlechter. Sie weiß, dass Lincoln das Wichtigste in ihrem Leben ist und dass sie ihn liebt. Das ist der Grund, weshalb sie selbst ihr Verhalten nicht verstehen kann. Dieser ständige Drang, den sie jedes Mal verspürt, wenn sie andere Männer sieht. Dieser Drang, nach Bestätigung zu suchen. Sie weiß, dass Lincoln bereits seit Langem wissen muss, dass sie ihn betrügt. Sie weiß, dass es ihn jedes Mal unvorstellbar verletzt. Sie könnte ihm genauso gut eine Pistole an den Kopf halten. Trotz allem tut er, als sei alles in bester Ordnung, verliert kein Wort darüber. Im Gegenteil, er trägt sie auf Händen. Sie will ihm nicht mehr wehtun, aber sie kann es nicht

Dann schreckt sie plötzlich aus ihren Gedanken hoch.

»Hey. Linc, lass uns einfach mal 'ne Runde um den Block laufen!«

»Ja, ich zieh mich noch an!«

Robyn läuft zum Spiegel neben der Tür und schminkt ihre vollen Lippen und die großen Augen. Sie ist eine wunderschöne Latina. Sie kämmt noch einmal ihre ebenholzfarbenen Haare, bevor die beiden die Wohnung verlassen. Sie laufen die Straße hoch zu einem Café. Lincoln spürt die Blicke der Männer. Er spürt die Blicke, die sie mit seiner Frau austauschen, doch er ignoriert sie. Er kennt diese Situationen gut, in denen er das Gefühl hat, ganz Detroit sei mit ihr im Bett gewesen. In dem Café essen die beiden ein Eis.

»Schmeckt's dir?«, versucht er eine Konversation zu beginnen.

»Ja, ja!«

Er merkt, dass sie nicht bei der Sache ist und mit dem Mann am Nachbartisch Blickkontakt hält. Er geht zur Toilette. Der Kellner bringt Robyn einen Zettel. Sie öffnet ihn, liest und packt ihn schnell wieder weg. Linc kommt zurück, er ist misstrauisch. Aber wie immer zeigt er es nicht.

»Ich, em, treff mich mit ein paar Mädels. Kann spät werden!«, ruft Robyn am Abend aus dem Bad.

Lincoln liegt wie immer nur still auf der Couch. Als Robyn zur Tür rausgehen will, merkt sie, dass heute irgendetwas anders ist. Sie merkt, dass die Stimmung heute noch viel bedrückender als sonst ist. Sie küsst Lincoln, der heute nicht mal aufsteht.

»Ich liebe dich«, sagt sie. Sie wartet, aber es kommt keine Antwort. Nachdem sie die Tür geschlossen hat, lässt sie sich auf den Boden sinken und beginnt zu weinen. Dicke Tränen laufen über ihre Wangen. Eine Nachbarin kommt die Treppe herunter. Robyn rappelt sich schnell auf und wischt ihre Tränen weg. Dann läuft sie selbstbewusst an der Frau vorbei, hinaus aus dem Haus. Einen Block weiter klingelt sie bei dem Klingelschild »Fernandez« und ein junger Mann meldet sich.

»Hallo hier ist ... «, sie überlegt kurz, »hier ist die Frau aus dem Café.«

Die Tür öffnet sich.

Als es Mitternacht ist, kommt sie wieder aus dem Haus hinausgelaufen. Sie setzt sich auf eine Bank und zündet sich eine Zigarette an. Es ist still. Es ist kein Geräusch außer hin und wieder einem Auto zu hören. Tiefe, feste Züge nimmt Robyn von ihrer Zigarette und pustet dichten Rauch wieder aus. »Das war das letzte Mal«, sagt sie zu sich, »das allerletzte Mal.« Sie zieht ihre Pumps aus und läuft barfuß über den Asphalt, singt dabei Bob Marley.

Sie steckt den Schlüssel in das Schloss, atmet tief durch und öffnet die Tür. Sie erstarrt, ist wie vom Blitz getroffen. Sie bewegt sich nicht und es scheint, als höre sie sogar auf zu atmen. Sie kann sich nicht rühren, wird ganz blass. Nach einer gefühlten Ewigkeit bricht sie zusammen, krümmt sich und weint. Sie weint so laut, dass es das ganze Haus hört und sich manche Türen öffnen.

Als sie am nächsten Tag aufwacht, liegt sie immer noch am selben Ort, die Tür ist immer noch offen. Sie schaut sich um. Ihr Make-up ist verschmiert, die Haut vor lauter Tränen ganz trocken. Die Wohnung ist fast leer. Der Tisch, die Stühle und die Couch sind noch da. Sie steht langsam auf und geht in Richtung Küche. Sie macht sich einen Kaffee und setzt sich auf den Stuhl genau vor dem Fenster. Ihre Beine sind angewinkelt, fest an den Körper gedrückt. Sie starrt aus dem Fenster. Als sie einen Schluck von ihrem Kaffee nimmt, sieht sie den Brief. Auf dem Umschlag steht »Robyn«. Sie richtet ihren Blick wieder zurück auf die Straße. Ihr Ausdruck ist leer und sie beißt mit ihren Zähnen leicht auf ihrer Lippe herum. Sie schaltet das Radio ein: »Sorrow in my soul, 'cause it seems that wrong, really loves my company, he's more than a man and this is more than love, the reason that the sky is blue …«

Sie öffnet den Brief nicht.

Diana Jung, 1992 in Langen geboren, besucht die 11. Klasse des Gymnasiums in Dreieich.

Maren Kames

Sad-Eyed Lady of the Lowlands

>»Sad-eyed lady of the lowlands
>where the sad-eyed prophet
>says that no man comes
>my warehouse eyes,
>my Arabian drums
>should I leave them by your gate
>or, sad-eyed lady, should I wait?«
>
>Bob Dylan, Sad-Eyed Lady of the Lowlands

>»Du gehst zu Frauen? Vergiss die Peitsche nicht!«
>
>Friedrich Nietzsche, Also sprach Zarathustra

du kamst aus einer stadt im norden in seine provinz, die provinz, in die er sich zurückgezogen hatte, die provinz, zu der sein leben geworden war. du kamst mit dem wind, du warst wie wind, ein weißer wind auf den fluren seines krankenhauses, seines kranken hauses, dieser stillstandstation (auf der er arbeitete, um nicht leben zu müssen). du hast den wind gewechselt, du hast den horizont gedehnt, du hast nicht die richtung verändert, du warst die richtung; bist zur richtung geworden für ihn, der all die jahre zuvor ohne richtung windlos in der provinz still gestanden hatte. du kamst, als er schon aufgehört hatte, sich von zeit zu zeit zu fragen, was denn mit dem wind los sei in dieser provinz, wo er hin ist und warum die richtung fehlt. er hatte keine fragen mehr, als du kamst, er hatte: diese frau, diese lange, fremde ehe, diese kinder (ich eins von ihnen), die von ihm kamen – und von ihm gingen, bevor sie bei ihm angekommen waren, er hatte dieses haus, mit stumpfen zäunen darum und stumpfem zorn darin, mit garten und gram und sorgen und so. du kamst auf dem nordwind mit weißen flügeln, hast ihn darunter aufgenommen, ihm wind gemacht unter den flügeln, ihn richtung auftrieb beflügelt.

er hatte keine fragen mehr, als du kamst. du warst die antwort. du warst ...

... du warst für ihn die sad eyed lady of the lowlands und die sorglosigkeit ein besuch, der blieb. eure heimat: harmonie@illusion.komm. ihr zwei, das war wie nietzsche und lou andreas. und die peitsche hatte er zu hause gelassen, die peitsche, die sein leben ist, sein peitschendes leben zu hause. du lou, du lou-lolita, wahrscheinlich verrucht und schlau, so schlau und frei, du sanfte perle gegen die kanten seines alltags, du glänzende kugel gegen die stumpfen ecken des gewöhnlichen. die jahre vor dir, jahre aus alltag und gewohnheit, diese stumpf gewordenen jahre, hast sie in deinen schatten gestellt, hast sie bis zum verschwinden überbeleuchtet mit deinem neuen licht, du licht im wind, du windes licht. vielleicht war sein herz noch nie so rot wie mit dir. mit dir hatte er plötzlich den horizont von afrika an den abgebröselten, zersprungenen rändern seines alten porzellantellers auftauchen sehen. und andere unverbrauchte visionen. du hast so viel genommen von seinen schultern, abgezogen, subtrahiert. du hast so viel potenziert. du warst eine gute rechnung für ihn, eine gute rechnung mit irrationalen zahlen, die hätte aufgehen können, wenn nicht vorher schon alles so verzettelt gewesen wäre, er in dieses andere leben verzettelt, das ihm über den kopf und aus den ohren gewachsen ist.

es gab da dieses tonband, dein portrait aus musik, hast dich für ihn aufs band gebannt, auf neunzig minuten tonband in grün und gold. für mich (ich bin ein kind von ihm) warst du erst nur dieses tonband. an dir konnt ich wenig wirklich begreifen außer dieses tape in grün und gold von seinem nachttisch; immer wieder hab ichs da weggenommen, um was von euch zu hören, um euch zu belauschen. mein lauschangriff auf eure neunzig minuten; und lauschend begriff ich deinen eingriff in seine welt. du narkoseärztin, du hypnoseengel, du apfel. ich hörte viel darin, hörte rauch und ruch und rausch und rock, das war so blues, so jazz, so soul, so viel, so sehnen und sucht und schmerz und schmalz; schon das hören war betöhrend und ich hörte deine tricks, hörte dich deine figur aus tönen zeichnen mit den stimmen und klängen dieser tiefen musik, in diesem grün und gold, in diesen neunzig minuten. [(but:) who among them can think he could outguess you?] du hast die leisen saiten zum klingen gebracht, dein ohr an seinen leisen saiten, saiten, die ihre frequenz verloren hatten in seinem sang- und klanglosen leben, sorgen, die diese saiten schweigen gemacht haben, und du der neue klang in seinem körper, sein neuer klangkörper, dein neuer körper: deine schlanken schenkel, deine herben hüften, dein mysteriöser mund, deine rauchigen augen, dein glas-gesicht, dein seidiges fleisch. [who among them do you think could resist you?] wahrscheinlich warst du ihm cowboy und königin, die taschen voll leben, dein rätselhafter kopf, im gesicht eine heilige, deine seele wie ein geist. [who among them really wants just to kiss you?] und eure zweisamkeit zwischen den zeiten, eure zweisamkeit zwischen den zwängen, zweisamkeit zwischen die zeiten gezwängt, aus den zeiten zwischen den zwängen geschnitzt. eure wenigen stunden, eure geheimen stunden, diese labyrinthe aus vergehen und versuchung, in die ihr verschwandet, wenn sich eine lücke zwischen den zeiten auftat, euch verranntet, um nicht entdeckt zu werden, labyrinthe aus gestohlener zeit und begehren, sündhafte gärten eurer zweisamkeit, irrgärten aus lust und laster. eure obszönen stunden zu zweit, außerhalb, außerhalb der welt, verstohlene stunden, aus seiner welt gestohlen, mit denen er seine welt bestohlen hat. wir die beklauten, deine beglaubigung. du bist brandmarke, du bist immer noch da, erst recht, seit du fort bist. du bist gegangen, wie du gekommen bist: plötzlich, mit dem wind. [who among them do they think could carry you?] jetzt bist du nur noch eine unverbrauchte vision, eine große unverbrauchte vision über den abgebröselten, zersprungenen rändern seines alten prozellantellers, in den er zurück gekrochen kam, wo er weiter in seiner suppe schwimmt mit der peitsche um den hals. und du hinterm tellerrand in den low lands, lou, guckst ihn an von da mit deinen sad eyes. gute lady, er braucht dich da.

[oh, who among them do they think could bury you?]

Maren Kames, geboren 1984 in Überlingen am Bodensee, studiert Kulturwissenschaft, Philosophie und Theaterwissenschaft in Leipzig. Veröffentlichungen im »peot[mag]« (Magazin des Online-Literaturforums »poetenladen«), in »[SIC] – Zeitschrift für Literatur« und in »poetbewegt 2008« (Anthologie zum poetbewegt Literaturwettbewerb).

Weitere Preistexte

Nils Fabian Brunschede

Zu Tisch mit dem Alten

I (Vorspeise)

»Reiche mir die Kräuterbutter rüber.«
Ich tue das Gewünschte, sag: »Hier, bitte.«
Er jedoch bleibt stumm und streicht sich lieber
viel Kräuterbutter auf die dünne Schnitte.

II (Hauptgang)

Ich bitte ihn, vom Braten mir zu geben.
Er tut es derart theatral, der Alte,
als hinge alles, mein gesamtes Leben,
am Bratenstück, das ich von ihm erhalte.

Und er befiehlt: »Hol einen guten Tropfen,
es verlangt nach Abschluss dieses Mahl.
Ich werde mir hernach die Pfeife stopfen,
was du derweil so treibst, ist mir egal.

Und noch etwas: Als Koch bist du nicht grad ein Feingeist,
drum sorg dafür, dass wenigstens der Wein 1 A ist.
Auch wenn guter Wein bei dir wohl eher rar ist:
Erinnre dich, dass du mit deinem Herrn Papa isst.

Ab morgen, wenn du wieder ganz allein speist,
tisch meinethalben auf, was so lala ist.«

So tönt er. Trotz verwerflichen Verhaltens
des Mannes schweig ich, auf dass Ruhe walte
und sag erst später, nach Glas zwei zum Alten: »'S
ist wundervoll, du bist noch ganz der Alte.«

Nils Fabian Brunschede, 1991 in Bochum geboren, ist Schüler. Veröffentlichungen in: »Ganz nah gegenüber« (Anthologie des 21. Treffens Junger Autoren 2006, Berlin 2007).

Lukas Gedziorowski

Mein grünes Fahrrad

Als mein Großvater im Januar 1996 in der Nacht auf seinen sechzigsten Geburtstag in einem Breslauer Krankenhaus seinen selbstverschuldeten Tod starb, hatte er damit auch die letzte Chance verwirkt, sein Versprechen zu halten und mir ein grünes Fahrrad zu schenken. Er hatte es mir versprochen, als ich noch ein vierjähriger Lausbub war, der ungern mit anderen Kindern spielte und stattdessen lieber mit Opa auf Streifzüge durch den Zoo ging. Er lebte mit uns, meinen Eltern und mir, in einer Dreizimmerwohnung eines Mehrfamilienhauses auf der Liegnitzer Straße. Das Haus hatte eine grünlackierte Eingangstür und Toiletten auf den Zwischengeschossen; ein Badezimmer gab es nicht, die Badewanne stand in der Küche. Im Erdgeschoss befand sich eine Metzgerei, in der meine Urgroßmutter einst geschuftet hatte und ihre Kinder vergeblich zu vergleichbarer Tüchtigkeit zu erziehen versuchte, aber das war schon lange her. Mittlerweile war die Urgroßmutter, die Schwiegermutter meines Opas, an ihren Geburtsort nach Deutschland zurückgekehrt. Ihre Herkunft war auch der Freischein für den Rest der Familie, sich dort noch vor der Öffnung der Grenzen eine bessere Existenz aufzubauen. Meine Oma ließ sich scheiden, folgte ihrer Mutter, heiratete erneut und ließ einige Jahre später die drei zurückgelassenen Söhne, von denen einer mein Vater war, nachkommen.

Wir, meine Mama und ich, blieben mit Opa zurück, warteten ein Jahr lang auf unseren Nachzug und bis dahin auf Post. Es war jedes Mal ein Fest, wenn ein Paket aus dem Westen kam und mich mit Gummibärchen, Schokolade und Spielzeug, meine Mama mit weißnichtmehrwas und meinen Opa – ich weiß es noch genau – mit Kostproben deutscher Braukunst bescherte. Ein buntes Allerlei, für jeden etwas dabei. Vorgeschmack auf Kapitalismus und Konsum, ein Hauch von sozialer Markt- statt sozialistischer Planwirtschaft. Verpackte Zuwendungen und Briefe über Sehnsucht und Vorfreude auf baldiges Wiedersehen.

Meine Mama tröstete das nur wenig. Sie konnte meinen Großvater nicht ausstehen. Ebenso sehr musste sie meinen Vater gehasst haben, als er noch spät nachts besoffen nach Hause gekommen war und seinen Monatslohn verspielt hatte. Das war vor ihrem Ultimatum: Flasche oder Familie. Aber bei meinem Opa war es mehr: Ihr Wesen sträubte sich gegen das seine. Ich weiß nicht, ob es auf Gegenseitigkeit beruhte, aber ich erinnere mich daran, dass oft gestritten wurde. Worum ging es dabei? Darum, dass mein Großvater das Haushaltsgeld vertrank? Darum, dass er den Weg treppab scheute und stattdessen ins Spülbecken pisste? Ich, der kleine Pimpf, der nichts begriff, der nicht verstand, warum Papa fort war und warum es in Polen keine Gummibärchen gab, ich stand irgendwo zwischen Mama und Opa und weil ich mich für keine Seite entscheiden wollte, zerrissen war und mich lieber zurückzog, um der Loyalität zu beiden genüge zu tun, verzichtete ich auf die Zuneigungen beider, zumindest eine Weile, bis sich die Wogen wieder glätteten, zu Eis erstarrten. So verteilten wir uns so lange hinter verschlossenen Türen auf die drei Zimmer, bis Mama zu mir hereinkam und mir durchs Haar strich, um es nach Läusen abzusuchen. Läuse fand sie nie, doch zumindest wurde ich unter diesen Streicheleinheiten mein schlechtes Gewissen los.

Eines Tages stand mein Opa mit mir am Fenster, wir blickten auf die trostlose Straße hinaus, die aus mehr Schlaglöchern als aus Kopfsteinpflaster bestand. Es war wohl ein Anflug von großväterlicher Fürsorge, vielleicht auch ein Affront gegen meine Mutter, als er versprach, mir bald ein Fahrrad zu kaufen. Begeistert fragte ich, ob es auch ein grünes sein könnte. Ich weiß nicht, wie ich darauf kam, vielleicht wegen unserer Haustür, oder weil die Farbe der Blätter im Frühling und Sommer schon immer meine Lieblingsfarbe gewesen ist. Mein Opa versicherte mir jedenfalls, die Farbe sei kein Problem, und ich freute mich darauf, obwohl ich damals noch nicht Fahrrad fahren konnte. Bis es soweit war, begnügte ich mich mit einem Schaukelpferdchen, auf dem ich – ganz das trotzige Einzelkind – kein anderes Kind reiten ließ. Obwohl Mama mir verbot, das zur Fortbewegung ungeeignete Spielzeug ins Wohnzimmer zu schieben, wo ich unbelehrbar gerne auf wippenden Kufen fernsah, und obwohl Mama auch keinen Drahtesel auf Stützrädern versprach, konnte mich mein Opa nicht gegen sie aufbringen. Denn sie hielt, was sie versprach, weil sie nie versprach, was sie nicht halten konnte.

Wenn ich an diese Zeit zurückdenke, dann ist es immer Herbst oder Winter, immer betonfarben, auch wenn die Haustür in meiner Erinnerung immer knallgrün bleiben wird. Selbst ich bin an einem Märztag geboren; als Mama mit mir das Krankenhaus verließ, taute gerade der Schnee in schmutzigen Klumpen in den Rinnsteinen. Mein Großvater besorgte zur Feier des Tages einen halben Liter Schnaps. Schwer zu sagen, ob der Anlass begossen wurde, oder ob meine Geburt nur ein Anlass zum Begießen war.

Kurz zuvor war der Hund meiner Eltern, ein Mischling von sonstwoher, gestorben, weil er eine Flasche mit Spülmittel zerbissen hatte. Meine Mutter soll geweint haben. Ob sie im Gegenzug meinetwegen Freudentränen vergossen hat, weiß ich nicht. Gefreut hat sie sich bestimmt, denn die Geburt war nicht leicht und ist für uns beide glimpflich ausgegangen. Der Hund hatte mir Platz gemacht, war scheinbar wie freiwillig abgetreten, als könnte es für meine Eltern nur einen Liebling geben. Denn bei einem sollte es auch immer bleiben. Auch später in Deutschland, als wirtschaftliche Gründe ganz bestimmt keine Rolle mehr gespielt haben, die meine Eltern vor weiterem Nachwuchs zurückhielten. Nach dem Hund blieben nur noch die Fische, die jedoch aus dem Aquarium hüpften, auf den Boden stürzten, zappelten und erstickten. Haustiere hielten sich bei uns nie lange.

Mit der Wende kamen Mama und ich nach Deutschland, mein Großvater blieb in der Wohnung allein zurück. Man steckte mich in einen Kindergarten, in dem ich umzingelt war von einer Horde fremder Kinder, die allesamt unverständliches Zeug redeten und wiederum mich nicht verstanden. So lernte ich Deutsch und mit anderen Kindern zu spielen, weil mir nichts anderes übrig blieb, während mein

Vater seine Ausbildung zum Schornsteinfeger noch einmal machte, meine Mutter mit einer Putzstelle anfing und dabei bleiben sollte, und ich, schneller integriert, als ich ursprünglich erahnen konnte, schon bald die Schulbank drückte, von meinem Vater für ein gutes Zeugnis ein grünes Fahrrad geschenkt bekam, und über all dem die alte Heimat, die Muttersprache und den zurückgelassenen Großvater, allein in der Dreizimmerwohnung, immer mehr vergaß.

Selbst während der fast jährlichen Besuche in Polen bei der Familie mütterlicherseits mieden wir das Haus mit der grünen Haustür, von der mit jedem Jahr der Lack mehr abblätterte, bis irgendjemand sie neu anstrich, doch diesmal schlammbraun. Die Farbe mochte nun besser zur Fassade passen, doch damit wurde unsere Tür zu einer unter vielen. Das sah ich nur zufällig beim Vorübergehen, während mein Blick nach oben nicht durch die Häkelgardinen der zweiten Etage drang und mir auch auf der Straße kein herumlümmelnder Großvater begegnete, mit einer Selbstgedrehten zwischen den fleischigen, immer feuchten Lippen und dem Feuchthaltemittel in der Hand. Immer nur die Großväter und Väter anderer, unrasiert und Flüssigproviant in Plastiktüten mit sich herumtragend. Es war meine Mutter, die nicht wollte, dass ich ihn besuche, und mein Vater gab meistens ihrem Willen nach – wie in anderen Angelegenheiten auch.

Im Sommer 1995, ich war zehn Jahre alt, konnte sich mein Vater dann doch durchsetzen. Der noch nicht allzu alte Mann, den ich vorfand, war ein ganz anderer, als der, den ich in Erinnerung hatte: Dieser hier mager und ausgezehrt, während jener ein großer stämmiger Mann gewesen war. Nur das dichte, rußschwarze Haar war gleich, stets zurückgekämmt und wahrscheinlich mit Zuckerwasser in Form gehalten. Er konnte nicht besonders gut zuhören. Während man noch sprach, war er mit den Gedanken woanders oder schon bei der nächsten Frage. Ich sei nach wie vor sein Lieblingsenkel, beteuerte er, obwohl er meinen Cousin kaum kannte, und da ich in sechs Jahren ein anderer geworden war, wusste er auch nicht mehr über mich.

Als wir kurz darauf noch einen Versuch unternahmen,

ihn wiederzusehen, machte uns beim nächsten Mal niemand die Tür auf – obwohl wir verabredet waren. Schlief er? War er fort und hatte es vergessen? Wir haben es nie erfahren. Im Herbst darauf, als aus Polen die Nachricht kam, dass es meinem Großvater elend ginge, blieb nicht viel Zeit zu fragen. Mein Vater kam eilig mit seinen beiden Brüdern angereist, um den Vater mit dem Lebensnotwendigsten zu versorgen, vor allem mit fester Nahrung und Kohlen zum Heizen. Einige Monate darauf war der Großvater tot und die drei Brüder mussten zur Beerdigung erneut anreisen.

In der Wohnung fand man nur noch ein großes Stück Karton auf dem Boden vor dem erkalteten Kamin, weil alles andere, was sich flüssig machen ließ, längst zu Spottpreisen den Besitzer gewechselt hatte, um die Wärme, kohlendioxidarm und somit umweltschonend, von innen heraus statt von außen zu schaffen. Wie viel Kohle, für die mein Vater und seine beiden Brüder bei ihrem letzten Besuch zusammengelegt hatten, in diesem Ofen verheizt wurde, wusste niemand. Vielleicht hatte mein Opa die Säcke an die fünfköpfige Familie verkauft, die eine Etage tiefer wohnte, wo die Kinder, wenn Waschtag war, nur in Unterwäsche herumliefen und es im Winter in der Wohnung warm sein musste, damit die Kleider schneller trockneten und die Kleinen sich keinen Schnupfen holten, denn ein Arzt war teuer. Wie auch immer mein Opa investiert hatte, ob in seine eigene oder in fremde Behaglichkeit, der Treibstoff, der ihn heizte und nährte war flüssiger Natur und dementsprechend leicht herunterzukriegen, auch wegen jahrelanger Übung. Seiner Leidenschaft war er zunächst als Hobby und dann in seiner Zeit als Frührentner hauptberuflich nachgegangen. Da er versäumt hatte, sich um seine Rente zu kümmern, mussten die drei Söhne, als sie schon kurz vor dem Mauerfall in West-Deutschland ihr Glück zu suchen begannen, den Vater – und damit unvermeidlich auch seine Berufung gewordene Passion – mit hartem Geld und Wohlstandsgaben unterstützen.

Mein Papa sah seinen Vater zum letzten Mal, als wäre es draußen nicht schon kalt genug gewesen, in einem Gefrierfach. Seine beiden Brüder hielten sich schluchzend aneinader fest, während mein Vater, wie das bei Dreien wohl immer ist, alleine stand. Auch war er es, der, anders als seine Brüder, mehr Geld als Tränen gab, um den Toten zu beerdigen. Wie immer waren die anderen knapp bei Kasse und mein Vater, der älteste der drei, streckte mal wieder vor. Der Boden des Friedhofs war so hart, dass man das Grab kaum ausheben konnte. Die Totengräber hatten blaurote Nasen und frostresistenten Atem. Tränen mussten schnell fortgewischt werden, damit sie nicht auf dem Gesicht gefroren. Mein Vater hatte es besser: Er durfte den Priester fahren und auf dem Weg zum Grab im geheizten Auto sitzen. Ein bestellter Sänger sang das *Ave Maria* und bekam keinen Applaus. Niemand konnte sich erklären, wie mein Opa so lange auf diese Weise durchgehalten hatte. Es war kein Selbstmord, aber er hatte seit Jahren darauf hingearbeitet. Wie der Hund meiner Eltern war mein Großvater sinnlos an einer Flasche zugrunde gegangen, nur dass letzterer es hätte besser wissen müssen.

Damals hatte ich andere Sorgen: Die Nachricht von seinem Tode erreichte uns, als ich vor meinen Eltern gerade Rechenschaft für eine Vier in Mathe ablegte, an den Pranger und vor die Wahl gestellt – Schule oder Straßenfegen. Das Telefon läutete erlösend wie eine Pausenklingel. Dass mein Großvater sein Versprechen nicht gehalten hatte, war sofort verziehen. Ich hatte mein grünes Fahrrad und vorläufig meine Ruhe. So könnte es sich bei ihm angefühlt haben, wenn das Zittern nachließ, unter der einsetzenden Betäubung. Mein Vater hat sich solchen Selbstbetrug erspart: Seit meinem zweiten Lebensjahr war er trocken.

Lukas Gedziorowski, 1985 in Liegnitz (Polen) geboren, studiert seit 2005 Germanistik an der Johann Wolfgang Goethe-Universität in Frankfurt am Main. Er arbeitet als studentische Hilfskraft, Tutor und Journalist. Bisherige Veröffentlichungen: Artikel für die »Aachener Zeitung«, das »Journal Frankfurt« sowie den Blog www.theluke.de

Alice Bucher

Pierre

Pierre war kein Franzose. Er konnte noch nicht einmal besonders gut Französisch. Doch sobald ihn jemand nach seinem Namen fragte, antwortete er mit französischem Akzent. Am Anfang fand ich es lustig. Irgendwann hörte ich nicht mehr zu.
Du hörst oft nicht zu, sagte Pierre. Ich schob es auf eine schwere Mittelohrentzündung, die ich als Kind gehabt hatte und die mein Hörvermögen geschädigt hatte. Pierre lachte nur.
Und hörte irgendwann einfach auf zu erzählen.
Am zehnten Juli trennte er sich von mir. Fünf Tage vor meinem Geburtstag und dreißig Tage vor seinem. Viel zu früh. Für ihn war es zu spät. Ich kann nicht mehr, sagte er.
Und ging.
Seitdem trinke und rauche ich. Ich schaue fern und lese ein bisschen. Ich esse und schlafe etwas. Manchmal gehe ich einkaufen.
Draußen ist es kalt. Viel zu kalt für Juli. Doch ich lasse das Fenster auf und lasse viel zu viel kalte Luft in mein Zimmer.
Einen Tag vor meinem Geburtstag kriege ich eine Mittelohrentzündung. Also schließe ich das Fenster und lege mich ins Bett. Mein Geburtstag rauscht an mir vorbei. Meine Mutter und meine Schwester sind da. Lass dir doch helfen Kind, sagt meine Mutter. Sie kocht mir Tee. Ich trinke ihn nicht. Sie backt mir einen Kuchen. Ich esse ihn nicht. Und meine Schwester erzählt mir von ihrem neuen Freund. Ich höre kaum zu.
Ich solle mich melden, darauf besteht meine Mutter, als sie gehen. Sie macht sich Sorgen. Ich werde mich schon melden. Was soll ich ihr auch sagen.
Am Abend besuchen mich Charlotte und Klara. Wir trinken Wein und rauchen. Sie erzählen ein bisschen. Um zwölf gehen sie.
Wir melden uns, sagt Klara noch.

Trotzdem bin ich jetzt alleine. Das Bett ist kalt. Die Wände sind schwarz und starren mich an. Die Luft riecht schwer, nach Zigaretten und Schweiß. Viel zu heiß.

Zu schwach, um das Fenster zu öffnen. Zu wach, um einzuschlafen.

Oft kuschelte ich mich in solchen Momenten an Pierre. Er schlief meistens sofort ein.

Mir fehlt sein Arm an meiner Taille, den er selbst im Halbschlaf noch um mich legte. Mir fehlt mein Kopf unter seinem rauen Kinn. Die leisen Geräusche aus dem Fernseher, den ich immer anließ, um besser schlafen zu können. Die leisen Geräusche, die er im Schlaf machte. Oft lauschte ich auch noch den Leuten auf der Straße, die aus der Kneipe an der Ecke kamen.

Wenn wir manchmal beide nicht schlafen konnten, erzählte Pierre mir Geschichten.

Er erzählte von seiner Kindheit. Wie er mit seinem Vater von Ort zu Ort zog. Von den kleinen Spielzeugautos, die sein Vater ihm immer zum Trost schenkte, wenn sie schon wieder eine Stadt verließen, um in die nächste zu ziehen.

Von der heißen Schokolade im Winter und der Zitronenlimonade im Sommer. Die es immer gab, egal wo sie waren. Dann lachte Pierre immer leise und schloss die Augen. Oft nahm er dann meine Hand. Lass uns nicht so oft umziehen, sagte er dann. Ich will hier bleiben. Mit dir. Nur vielleicht eines Tages an einen anderen Ort. Und dort bleiben.

Ich küsste oft seinen Hals und nickte. Egal was er in solchen Momenten sagte, ich wollte es auch. Und am liebsten immer so mit ihm im Bett liegen.

Der Geruch von seinen Haaren fehlt, seine Haare, in die ich mich so oft vergrub. Seine warmen Hände. Und seine Körperwärme, die mich doch irgendwann in den Schlaf gleiten ließ.

Pierre fehlt. Und ich schlafe trotzdem irgendwann ein.

Ich wache auf, weil die Sonne scheint. Weil es plötzlich noch wärmer in meinem Zimmer ist. Und mein Ohr noch mehr weh tut als am Tag davor. In der Küche stehen noch die Weingläser von gestern. Es riecht muffig und klebrig. Ich spüle, dusche und ziehe mich an. Die zwei Tassen Kaffee trinke ich schnell und mit etwas Milch, wie immer. Der Kaffee bleibt zu bitter. Draußen laufen die Leute in Sommersachen herum.

Beim Arzt muss ich eine dreiviertel Stunde warten, bis ich dran komme. Der Ventilator funktioniert nicht. Die Luft steht im Raum und der Mann neben mir hat zu viel Rasierwasser benutzt.

Im Behandlungszimmer riecht es sterilisiert. Der weiße Kittel vom Doktor hat eine Falte an der rechten Seite. Während er mich untersucht, schaue ich die ganze Zeit dort hin.

Sie bewegt sich auf und ab, ab und auf. Der Doktor muss bedauern, dass er eine schwere Mittelohrentzündung feststellt. Wo ich mir die jetzt hergeholt habe, mitten im heißesten Sommer, will er wissen. Ich sage, dass ich eine Veranlagung zu Mittelohrentzündungen habe. Dass es ja außerdem bis gestern schweinekalt war, erwähne ich nicht.

Er verschreibt mir Antibiotika und eine Woche Bettruhe. Arbeiten soll ich erst wieder gehen, wenn ich mich wieder rundum wohl fühle.

Also vielleicht in zwei Jahren, sage ich. Er lacht. Das war kein Witz, will ich sagen.

Aber ich lasse es.

Zu Hause ziehe ich die Vorhänge zu, schalte den Fernseher ein und lege mich ins Bett.

Das matte Licht im Zimmer, die schwüle Luft und die schwachsinnigen Mittagssendungen im Fernseher erinnern mich an die Tage, die ich manchmal mit Pierre im Bett verbrachte.

Wenn wir morgens einfach beschlossen hatten, liegen zu bleiben.

Dann holten wir uns Kekse und Kaffee, Brot und Käse und stiegen nur noch aus dem Bett, wenn wir auf die Toilette mussten.

An solchen Tagen erzählte ich Pierre oft Geschichten.

Ich erzählte von Ferien, in denen ich mit Charlotte und Klara Zelten fuhr. Als Klara ihr erstes Auto hatte und wir damit an die Nordsee fuhren. Von dem wenigen Geld, das wir dabei hatten, und dem Zelt, für dessen Aufbau wir zwei Stunden brauchten.

Von dem Meer, das viel zu kalt war, und den Abenden vorm Zelt, an denen wir Bier tranken, Musik hörten und sehr viel lachten. Von unserem Zelt, das mitten in der Nacht zusammenkrachte, und wir bei zehn Grad beschlossen, draußen zu schlafen.

Ich erzählte von Ferien, in denen ich mit meinen Eltern und meiner Schwester nach Frankreich fuhr. Von den Büchern, die ich las. Den Büchern, die mir halfen, dem allen zu entfliehen. Meiner Schwester, die sich nicht für mich interessierte und jeden Abend ohne mich wegging. Von den Abenden, von denen fast keiner verging, ohne dass sich meine Eltern gestritten hätten.

So verbrachten Pierre und ich solche Tage. Im Winter schlossen wir sie mit einem heißen Bad ab. Im Sommer mit einer kalten Dusche.

Solche Tage waren selten. Aber sie waren da. Pierre war da. Wir waren beide da.

Irgendwann wache ich auf und merke, dass ich eingeschlafen bin. Es ist halb sieben. Ich stehe auf und mache mir eine Suppe warm. Suppe und Tee soll ich zu mir nehmen, sagte der Arzt. Das hilft. Auch wenn sie scheußlich schmeckt, denke ich mir und setze mich mit meinem Teller an den Tisch. Das Telefon klingelt. Es ist meine Mutter. Sie will wissen, wie es mir geht. Es geht, sage ich. Vom Besuch beim Arzt sage ich nichts. Meine Mutter will kommen und mich pflegen. Ich bin erwachsen, Mama, sage ich. Sie seufzt nur und sagt nichts. Ich bitte sie, mir etwas zu erzählen. Sie seufzt noch mal. Erzählt dann aber doch ein bisschen was. Dass sie Ende August mit einer Freundin zehn Tage in die Toskana fliegen wird.

Dass ihr der Job nun endgültig zum Hals raushängt und sie jetzt auch wirklich endgültig beschlossen hat, sich selbstständig zu machen. Ich muss lächeln. Das hat sie auch schon vor einem halben Jahr gesagt. Ob ich auch wirklich nichts brauche, fragt sie noch einmal. Ich lehne ab. Ich bekomm das schon hin, Mama, sage ich. Erinnerst du dich nicht, ich hatte doch als Kind schon oft Mittelohrentzündungen. Eigentlich nur einmal, behauptet meine Mutter. Aber die war schwer, sage ich. Schließlich hat sie mein Hörvermögen eingeschränkt. Aber das sage ich nicht laut. Meine Mutter verabschiedet sich und verspricht, sich zu melden.

Ich bin erschöpft. Als ich mich wieder in mein Bett lege, ist es immer noch so warm wie vorher. Also öffne ich das Fenster und lasse etwas kühle Abendluft hinein.

Mein Bett ist immer noch zu warm.

Irgendwann in der Nacht wache ich auf. Der Fernseher läuft noch und auf dem Bildschirm ist ein Zwerghamster zu sehen. Zwerghamster seien Einzelgänger, erklärt eine Stimme. Doch auch wenn sie lieber alleine leben, tut ihn etwas Zuneigung gut.

Ich schalte den Fernseher aus. Mein Blick fällt auf den Blumenstrauß auf meinem Nachtisch. Charlotte hat ihn mir zum Geburtstag geschenkt. Ich schiebe ihn etwas zur Seite. Darunter kommt eine Zeichnung auf dem Tisch zum Vorschein. Eine ganz kleine Zeichnung. Pierres Zeichnung. Pierre konnte gut zeichnen. Oft hinterließ er mir anstatt einer geschriebenen Nachricht eine kleine Zeichnung.

Das ist doch viel persönlicher, sagte er immer, wenn ich ihm erklärte, dass ich aus einem Text viel mehr herauslesen könnte als aus einer Zeichnung.

Einmal zeigte er mir ein Bild, das er bei seinem Vater auf dem Dachboden gefunden hatte.

Es zeigte ein kleines Schloss, von Bäumen umzäunt und unter strahlend blauem Himmel.

Vor dem Schloss standen ein Mann, eine Frau und zwei kleine Kinder.

Allen klebte ein riesengroßes Lächeln im Gesicht.

Das hab ich mir immer gewünscht, sagte Pierre. Eine Familie. Und ein Ort, an dem ich bleiben kann. Ich lächelte. Und weil er auf eine Antwort zu warten schien, küsste ich ihn.

Was hätte ich auch sagen sollen.

Das Bild hängte er über die Toilette.

Die Zeichnungen machte er mir weiterhin. Auf Kassenzetteln, Zeitungsfetzen oder Werbepostkarten. Auf dem Tisch, dem Kühlschrank oder sogar auf dem Sofa.

Ich ziehe die unterste Schublade meines Nachtisches auf. Ganz oben drauf liegen sie.

Gezählt habe ich sie nie. Es sind sowieso zu viele. Die oberste Zeichnung zeigt einen kleinen Hasen, dessen Ohren herunterhängen und der traurig in den Himmel starrt. Am Himmel ist ganz klitzeklein ein roter Luftballon zu sehen.

Diese Zeichnung malte Pierre mir einen Monat davor. Einen Monat, bevor er ging.

Es war die letzte Zeichnung. Er hörte einfach auf zu zeichnen.

Irgendwann bin ich wieder eingeschlafen. Wieder eingeschlafen, nachdem ich lange rum lag und an die Decke starrte. An die Decke starrte und nichts tat.

Dass ich wieder eingeschlafen war, merke ich daran, dass ich wach werde.

Draußen ist es schon lange hell. Ich höre Stimmen. Jemand lacht, ein Kind schreit, eine Mutter auch.

In der Küche ist es angenehm kühl. Doch auch das macht meinen Kühlschrank nicht voller. Wie wär's mit Karottenbrei mit abgelaufenem Joghurt und Parmesankäse? Etwas anderes lässt sich nicht finden. Leider bin ich die einzige Person in diesem Haushalt und demnach die einzige Person, die einkaufen geht.

Mein Ohr tut wieder furchtbar weh.

Ich hatte es mir vorgenommen. Ich würde schon ohne Hilfe klar kommen. Aber in meinem Zustand kann ich einfach nicht einkaufen gehen.

Also rufe ich Klara an. Sie wimmelt mich ab, verspricht aber, mich in ihrer Mittagspause zurückzurufen. In zwei Stunden.

Charlotte ist zu Hause und hat nichts zu tun. Schön, dass du anrufst, sagt sie. Sie fragt, wie es mir geht. Also erzähle ich ein bisschen.

Und sie hört zu. Zwanzig Minuten lang. Dann schlägt sie vor, mal vorbei zu kommen.

Sie kommt mit zwei vollen Einkaufstüten. Als sie mich sieht, schickt sie mich gleich wieder ins Bett. Ich will protestieren, aber sie lässt es nicht zu. Du bist krank, sagt sie nur.

Charlotte räumt die Küche auf und den Kühlschrank ein. Sie schmeißt die verwelkten Blumen weg und bringt mir eine Portion Bratkartoffeln mit Rührei. Dann setzt sie sich zu mir ans Bett.

Erzähl doch mal, sage ich, was passiert bei dir.

Bei ihr sei nichts los, sagt sie. Immer nur wieder dasselbe. Ich weiß nicht, was ich antworten soll. Also sage ich nichts. Charlotte seufzt. Rück mal, sagt sie und legt sich neben mich.

Mein Ohr tut immer noch weh, aber ich versuche, es zu ignorieren.

Charlotte seufzt wieder und nimmt meine Hand.

Wenige Minuten später schlafe ich ein.

Charlotte liegt immer noch neben mir, als ich aufwache. Ich lächele sie an und sie lächelt zurück.

Was ist mit Pierre, will sie wissen. Wo ist er?

Ich weiß es nicht, will ich sagen, aber ich sage es nicht. Irgendwo, sage ich stattdessen.

Vielleicht hier, vielleicht auch nicht. Wo sollte er denn sein, will Charlotte wissen.

Er hat da mal so was erwähnt, sage ich.

Und dann erzähle ich. Davon, dass Pierre manchmal weg wollte. An einen Ort, wo er bleiben konnte.

Mit mir. Er wollte nach Frankreich oder nach Dänemark. In die Slowakei oder nach Thailand.

Jeden Monat woanders hin. Aber wohin, wo er bleiben konnte.

Alles Spinnerei, sage ich und lache.

Charlotte lacht nicht. Wieso ist er weg, fragt sie, wieso hast du ihn gehen lassen.

Ich sehe, wie sich die Sonne in meinem Spiegel reflektiert und die Wand anleuchtet.

Es ist das typische Spätnachmittagssonnenlicht. In ihm schweben Staubkörner. Viele, winzig kleine Staubkörner.

Warum, sagt Charlotte, warum. Es ist keine Frage.

Ich nehme Charlottes Hand.

Du wolltest ihn nicht gehen lassen, sagt sie.

Ich schüttele den Kopf. Dazu reicht meine Kraft noch. Dann sinkt mein Kopf auf Charlottes Schulter.

Wir wachen gleichzeitig um zehn Uhr auf und sagen gleichzeitig dasselbe. Es ist alles okay, sagen wir. Alles okay. Mein Ohr tut auch nicht mehr ganz so sehr weh.

Um eins habe ich es geschafft, mich zu duschen und anzuziehen. Charlotte ist bereits gegangen. Dann gehe ich raus.

Ich beschließe, an den Fluss zu gehen. Dort sind viele Menschen unterwegs. Viel zu viele.

Ich möchte mich auf etwas konzentrieren, schaffe es aber nicht. Also setze ich mich auf eine Bank. Die Menschen rauschen an mir vorbei.

Ich sehe das Pärchen, das im Haus gegenüber wohnt. Den alten Mann mit dem Hund, der immer am Fluss ist. Die zwei Mädchen, die von der Schule nach Hause laufen.

Ich sehe viel zu viele Menschen. Und ich sehe Pierre. Und Pierre sieht mich. Mehrere Sekunden lang schauen wir uns nur an.

Dann setzt er sich neben mich. Wie zufällig, als sei er nur ein Passant, der sich kurz ausruht.

Wie geht's, sage ich. Er nickt ein paar Mal, sagt aber nichts.

Was machst du hier, fragt er, ob ich nicht arbeiten müsse.

Ich habe einen Tag frei, sage ich. Er nickt wieder. Geht's dir gut, will er wissen, ist alles okay und so. Ich nicke nur. Dann steht er wieder auf. Er müsse jetzt leider gehen. Aber vielleicht sehe man sich ja mal wieder, insofern sich das einrichten ließe, er habe nämlich wirklich viel zu tun und da bleibe nur wenig Zeit für Freizeit.

Bei mir auch, sage ich nur. Er nickt ein paar Mal. Bis bald, sage ich.

Er läuft los und dreht sich noch mal um. Alles Gute zum Geburtstag, sagt er. Nachträglich. Ich lächele. Er zieht leicht die Mundwinkel nach oben, belässt es dabei, dreht sich um und geht weg.

Alice Bucher, 1991 in Frankfurt am Main geboren, besucht die Max-Beckmann-Schule in Frankfurt am Main und macht nächstes Jahr ihr Abitur.

Ariane Dreisbach

Opa liebt Gina

Gina küsst Opa nicht nur, sie isst von seinem Teller. Und hängt dabei fast das riesige, pinke Spinnennetz auf ihrer Brust in sein Essen. Ob er das mag? Opa liebt Gina.
 Opa hat Gina nicht immer geliebt, aber sie hat ihn aus dem Knast geholt. So nennt Opa das Altersheim. Und sie ist auch der Grund, warum er nicht wieder dahin muss. Deswegen liebt er sie.
 Er sagt, dass sie ein toller Mensch sei und dass sie sich um alles kümmere, was er und Oma nicht mehr können. Das macht sie liebenswert. »Ist sie nicht nett und tüchtig? Und sie hilft uns so viel! Gina ist ein Engel!« Ein Engel mit Tattoos und grünen Haaren, wohl ein gefallener Engel. Das wäre ihm früher nicht ins Haus gekommen so was. Im Alter ist man wohl nicht mehr so wählerisch. Opa liebt Gina.
 Gina bringt Opa Taschentücher, die Zeitung, die Brille, sie gibt ihm seine Tabletten. Nur Schokolade gibt es nicht. Opa liebt Schokolade. Gina mag keine Schokolade, sie mag Obst. Opa liebt sie trotzdem. Obst liebt Opa nicht so wie Gina. Das muss Gina ihm auch bringen, denn die Schale der Öko-Mandarinen könnte er nicht ohne sie bewältigen. »Sie ist einfach ein hilfreicher Engel!«
 Gina bringt Opa zum Zahnarzt, damit er ein neues Gebiss bekommt. Das Alte liegt in Berlin im Mülleimer, bei Reichelt auf dem Parkplatz, wenn man Richtung Wannsee rausfährt. Sie haben es mal aus Versehen mit Bulettenresten weggeworfen. In Opas geliebtem Berlin. Ein bisschen Heimatluft schnuppern, die vertraute Straße, das alte Haus, auf den Friedhof zu Tante Trudchen. Das war noch ohne Gina. So was macht Gina nämlich nicht.
 Da hat Opa noch die Anderen geliebt. Aber jetzt liebt Opa Gina. Jetzt fährt Opa nicht mehr nach Berlin.
 Oma liebt Gina nicht so wie Opa. Vielleicht mag sie ihr Spinnennetz nicht so wie Opa.
 Oder die grünen Haare? Ihr Obst? Oma liebt Wein. Und

früher hat sie mal Fleisch geliebt, das gibt es bei Gina auch nicht. Jetzt liebt sie nur noch Wein. Aber Oma liebt es nicht, dass sie mit Kräutersalz würzen muss, und auch nicht, dass alles umgekrempelt ist – in ihrer Küche, die immer ihr Reich gewesen ist! Jetzt Ginas Küche. Da brodeln Hexenkessel. Alles öko natürlich!

Wenn Gina Opa küsst und Opa es genießt und wenn sie mit Opa über Oma lacht, dann hasst Oma Gina.

Aber Oma liebt Gina, wenn sie die Wäsche macht, aufräumt, wenn sie Opas Katheter leert, das triefende Bettzeug abzieht. Wenn sie Dinge macht, die Oma nicht mehr kann. Dann liebt Oma Gina auch. Sie liebt Gina besonders, wenn Andere da sind, die Gina nicht lieben.

Opa und Oma lieben die Anderen nur, wenn sie nichts gegen Gina sagen. Und wenn sie Opa die Treppe hoch helfen, wenn Gina nicht da ist. Wenn sie ihm auf dem Klo helfen, wenn Gina nicht da ist. Wenn sie Opa Taschentücher, die Zeitung und die Brille bringen und ihm seine Tabletten geben. Wenn sie ihm das heiß ersehnte Schnitzel mit Bratkartoffeln klein schneiden, das es bei Gina nicht gibt. Wenn sie ihm Berlinfotos mitbringen, die Gina nicht hat. Wenn sie die Musik anmachen, Teddy Stauffer. Opa liebt die Anderen für alle Dinge, die Gina nicht tut.

Trotzdem liebt er Gina am meisten. Auch, wenn es bei ihr nicht alles gibt. Auf Gina lässt Opa einfach nichts kommen.

Ariane Dreisbach, geboren 1992 in Offenbach am Main, besucht die 11. Klasse des Kaiserin-Friedrich-Gymnasiums in Bad Homburg.

Christian Franke

Enttäuschung

Im Kindergarten ein großer Karton
auf dem »Ritter Sport« stand.
Was hielt ich davon?
Freute mich auf Plasteritter,
Lanzen, Turnier und Parade.
Warum konnte ich lesen!?
Schokolade ist Schokolade
und wohl auch bitter.

Christian Franke, 1983 in Naumburg geboren, studiert Germanistische Literaturwissenschaft, Philosophie und Angewandte Ethik an der Friedrich-Schiller-Universität Jena. Veröffentlichung im Band »Poesie und Praxis« zur gleichnamigen Vortags- und Seminarreihe (herausgegeben von Jan Volker Röhnert).

Isabel Teschke

Seepferdchen

Wetten, du schaffst es nicht, hat Nina gesagt. Gemeint hat sie, wetten, du traust dich nicht. Nur deshalb bin ich über den Zaun geklettert und habe Nina die Hand hingehalten, als sie runtergesprungen ist. Weil sie von uns beiden die Unsportlichere ist. Natürlich ist es Ninas Idee gewesen, noch heute Nacht ins Schwimmbad zu gehen. Stell dir vor, wir baden im Mondlicht, hat sie geschwärmt. Ich habe nur die Augen verdreht. Mensch, stell dir's doch vor, ohne lahme Aquajogger, keine nervigen Kleinkinder … Da kannst du in Ruhe deine Bahnen schwimmen. Sie hat mich mit ihren großen Augen angeguckt. Ich habe gemeint, dafür müssen wir morgen nur früh genug aufstehen und da sein, gleich wenn sie aufmachen. Aber Nina hat schon ihren Bikini getragen. Den neuen. Nina, die bestimmt, was wir machen und wann wir gehen. Mach schon, hat sie mich gescheucht. Im Dunkeln habe ich das Unterteil von meinem Bikini nicht finden können. Endlich habe ich den richtigen Stoff in der Hand gehabt. Nina hat auf das angenähte Seepferdchen-Abzeichen gezeigt und gekichert. Das hätte ich morgen schon noch abgemacht, habe ich gesagt. Wer hat denn ahnen können, dass Madame eine Vorpremiere wünscht?

Unser Freibad ist in der ganzen Umgebung dafür bekannt, dass es jedes Jahr als allerletztes aufmacht. Und als erstes wieder schließt. Am nächsten Morgen wäre auch bei uns endlich die Badesaison losgegangen. Die Gemeinde hatte alle notwendigen Vorbereitungen abgeschlossen. So ein Quatsch, hat Nina auf dem Weg runter in den Ort gesagt. Nie im Leben brauchen die so lange, um das Wasser einlaufen zu lassen.

Dann haben wir vor dem Gitterzaun gestanden, und ich habe echt ein bisschen Angst gehabt, weil ich gewusst habe, dass meine Mutter die Dauerkarten schon gekauft hatte. Erwischt werden = Hausverbot, für die ganze Saison. Dann wäre der Sommer für mich gelaufen gewesen. Dieses Jahr hatte ich sogar in den Schwimmverein eintreten wollen.

Im Schwimmbad ist Nina gleich an den Umkleidekabinen vorbei zum großen Becken gelaufen. Ihren Rucksack hat sie neben eine Liege fallen lassen, hat Shorts und T-Shirt ausgezogen. Zufrieden hat sie sich umgeschaut und schon mal einen Zeh ins Wasser getaucht. Ich habe noch gezögert. Die Naht vom Seepferdchen hat an meiner Haut gejuckt. Das Wasser ist bestimmt eiskalt, habe ich gesagt. Nina hat gemeint, ein bisschen schade, dass es so dunkel ist. Ja, ohne Beleuchtung sieht man deine Bikinifigur gar nicht, habe ich gesagt und Nina hat mir die Zunge rausgestreckt. Dann ist sie gar nicht mehr so cool gewesen, weil plötzlich drei Jungs hinter ihr gestanden haben.

Ihr wisst schon, dass das VERBOTEN ist, hat der kräftigste von ihnen gesagt. Ich habe schnell nach Ninas Klamotten gegriffen, bereit zum Rückzug, aber sie hat mich am Arm festgehalten. Warte doch mal, hat sie gesagt. IHR wisst schon, dass WIR hier als Erste gewesen sind, also haut besser ab.

Das ist Nina, hat der eine dem Kräftigen zugeflüstert. Das ist die Hübsche, die mit mir Konfirmandenstunde gehabt hat.

Das ist Arne, hat Nina mir zugeflüstert. Der hat auf der Konfifreizeit was von mir gewollt.

Können wir jetzt gehen, habe ich gedrängelt. Aber Nina hat laut gesagt, ich bleibe, und hat sich demonstrativ auf den Beckenrand gesetzt. Ich hätte schwören können, sie hat eine Gänsehaut bekommen. Dann hat sie sich ganz ins Wasser getraut und Arne ist gleich hinterhergesprungen. VOM BECKENRAND SPRINGEN VERBOTEN. Die beiden anderen Jungs sind auch ins Wasser gegangen. Nina hat versucht, Arne unterzutauchen, aber er ist stärker gewesen als sie und hat sie stattdessen runtergedrückt. Als sie wieder aufgetaucht ist, hat sie nicht mehr mit Kichern aufhören können. Wir gehen ins kleine Becken, hat sie mir zugerufen. Pscht, habe ich gemacht. Die Nachbarn rufen sonst noch die Polizei. Anstatt mich zu beachten, haben sich Nina und die Jungs gegenseitig zum Nichtschwimmerbecken gejagt. Nina, die Hübsche.

Und ich, die, die sich an die Regeln hält. Gerne wäre ich jetzt ein paar Bahnen geschwommen. Das große Becken hat schon wieder eine ganz glatte Oberfläche gehabt. Tagsüber fliegen Schwalben darüber und holen sich Schnäbel voll Wasser. Nachts müssten es Fledermäuse sein. Vielleicht ist es doch nicht so kalt, habe ich mir dann überlegt. Also habe ich langsam meine Sachen ausgezogen und sie in den Rucksack gelegt. Nina hat aus dem Nichtschwimmerbecken gequietscht. Ohne mich hätte sie sich nie über den Zaun getraut. Das Wasser im Auffangbecken von der Dusche ist viel wärmer gewesen, als ich gedacht hatte. Ich habe mich auf den Rand gesetzt, mit dem Rücken zu den anderen. Es hat nach frisch gemähtem Rasen gerochen und nach Chlor. Dann ist es mir kalt über den Rücken gelaufen. Blitzschnell habe ich mich umgedreht, um den zu erwischen, der mir eine Handvoll Wasser übergeschüttet hat. Es ist der dritte Junge gewesen. Gelacht hat er und ist ein Stück zurück in Deckung gesprungen, doch ich bin sitzen geblieben. Quietschen und Verfolgungsjagden mit Jungs, das ist Ninas Ding. Einen Moment später ist er von der anderen Seite wiedergekommen und hat sich auf den Rand gegenüber gesetzt.

Und wer bist du, hat er gefragt. Die Freundin von Nina, habe ich geantwortet. Ich bin Martin. Du hast es schön warm hier. Er ist vom Rand gerutscht und hat sich flach in das Duschbecken gelegt. Das Wasser hat nicht mal seinen Bauchnabel bedeckt. Ich habe kein Handtuch mitgenommen, vielleicht kann ich deins benutzen. Frag mal Nina, die gibt dir ihrs bestimmt, habe ich gemeint. Martin hat sich auf den Bauch gerollt und ist zu mir rübergerutscht. Er hat auf meine Bikinihose gezeigt. Schickes Seepferdchen. Ach, habe ich abgewinkt. Ich hab längst das goldene Abzeichen. Martin hat gegrinst. Ich nicht. Hab nach dem Seepferdchen aufgehört. Dann hat er sich neben mich gesetzt. Wir haben geschwiegen. Ab und zu habe ich mich umgedreht, zum Nichtschwimmerbecken und zu Nina. Die hat immer noch Wasserfangen gespielt, mit Arne und dem anderen. Die ist beschäftigt, hat Martin gemeint und ist ein wenig näher gerückt. Es ist Ninas Idee gewesen, ins Schwimmbad einzubrechen. Wahrscheinlich hat sie gewusst, dass die Jungs kommen wollen. Willst du nicht auch rübergehen, zu ihr, habe ich gefragt. Jetzt habe ich wirklich heim gewollt. Ist schon okay, hat er gesagt und seine Hand ausgestreckt. Er hat das Seepferdchen gestreichelt. Sein Finger ist eiskalt gewesen. Unmöglich hat er mit Nina und Arne in einer Konfigruppe gewesen sein können, mindestens zwei Jahre älter hat er ausgesehen. Und viel besser als Arne. Dann ist mir eingefallen, wie ich Nina zum Heimgehen kriegen könnte.

Mensch, ist mir kalt, habe ich in Martins Richtung gesagt. Sofort hat er den Arm um meine Taille gelegt. Er ist noch näher gekommen. So nah, dass das Seepferdchen in den Falten seiner Badehose verschwunden ist. Wie in einer Anemone. Gar nicht mehr so eiskalt hat er sich angefühlt. Er hat mir was ins Ohr geflüstert, das habe ich aber nicht verstanden, weil ich den Kopf weggedreht habe. Dahin, wo Nina gerade noch gewesen ist. Wo ist sie hin? Martins Finger sind meine Taille runtergewandert. Ich habe bis fünfzehn gezählt. So lange habe ich letztes Jahr gebraucht, um das große Becken quer zu durchtauchen. Im Dorf bin ich die Einzige gewesen, die das konnte.

Hey! Nina hat mir auf die Schulter getippt. Kannst du das bitte wann anders weitermachen? Ich will nach Hause, ich hab mir den Fußzeh angestoßen. Nina hat schon ihr T-Shirt über dem Bikini gehabt, man hat zwei nasse Flecken gesehen. Und wo ist Arne? Weg. Komm jetzt, das tut verdammt weh. Ich bin aufgestanden. Martin hat zu mir hochgeguckt. Kommst du morgen wieder ins Schwimmbad? Vielleicht, habe ich gesagt. Er hat gegrinst. Dann kannst du mir deine anderen Abzeichen zeigen. BESTIMMT, habe ich gesagt und die Lippen zusammengepresst. Nina hat mich in die Seite gestupst. Im Dunkeln hat niemand gesehen, dass ich rot geworden bin.

Sag ich doch, dass es sich gelohnt hat, hat sie gemeint, als wir den Berg hoch zu mir nach Hause gelaufen sind. Der Zeh hat ihr gar nicht mehr weh getan. Ich bin schneller gegangen, damit Nina endlich die Klappe hält.

Am nächsten Morgen habe ich Mama gefragt, wo sie den silbernen Aufnäher hingetan hat. Diesen Sommer bin ich doch nicht in den Schwimmverein eingetreten.

Isabel Teschke, 1986 in Darmstadt geboren, studiert Betriebswirtschaftslehre mit Fachrichtung Industrie an der Dualen Hochschule Baden-Württemberg und bei der Evonik Röhm GmbH. Veröffentlichungen in den »Nagelproben« 22 bis 25 (2005–2008) sowie in den Zeitschriften »L. – Der Literaturbote« und »Zeichen & Wunder«.

Katharina Kullmer

Sie

Seitdem ich ihn habe, kann ich mir gar nicht mehr vorstellen, wie ein Leben ohne ihn aussehen könnte. Er war alles, was ich mir für ein erfülltes Leben wünschen konnte, nachdem ich beruflich alles erreicht hatte, was in meinen Möglichkeiten stand. »Wir beide gegen den Rest der Welt«, sagte ich mir damals. Seitdem habe ich alles für ihn gegeben und versucht, ihm jeden Wunsch von den Augen abzulesen. Vor zwei Jahren sind wir in eine neue Wohnung gezogen. In der Zwischenzeit hat sich einiges geändert.

Wir sind jetzt näher an der Innenstadt und er nutzt die Abende öfter, um mit Freunden aus dem Fußballclub um die Häuser zu ziehen. Er hatte immer weniger Zeit für mich. »Dinge ändern sich«, sagte er, als ich ihm Vorwürfe machte. Ich versuchte verständnisvoll zu sein, mich abzulenken. Aber je mehr ich spürte, dass er sich von mir entfernte, umso mehr kam die Erkenntnis, dass da jemand anderes war; jemand, von dem er nichts erzählte. Unsere Streite wurden häufiger und er war immer seltener zu Hause. Ich erinnere mich noch an die erste Nacht, in der er gar nicht erst nach Hause kam. Am frühen Nachmittag stand er plötzlich wieder im Wohnzimmer. Ganz so, als wäre nichts geschehen. Im Gegenteil: er schien vergnügt, zufrieden.

Seit diesem Tag habe ich keine Fragen mehr gestellt. Unser Verhältnis schien sich dadurch zu bessern. Hin und wieder brachte er mir einen Strauß Blumen oder eine Schachtel Pralinen mit, wenn er wieder eine Nacht auswärts verbracht hatte. Er schien glücklich. Mir ging es jedoch immer schlechter. Ich hoffte, dass ihm etwas auffallen würde, dass er sich vielleicht um mich kümmern würde. Also begann ich beiläufig, meine Migräne zu erwähnen, meine Rückenschmerzen und meine Kurzatmigkeit. Schließlich ließ ich diverse Tabletten in der Wohnung herumliegen, in der Hoffnung, ihn so aufzurütteln. Er empfahl mir, zum Arzt zu gehen.

Wenn ich darüber nachdenke, dann hätte ich es absehen können. Ich hätte wissen müssen, dass es keine Phase ist. Dass er undankbar ist und nicht zu schätzen weiß, was ich für ihn getan habe. Dass er nicht versteht, dass ihn keine so lieben wird wie ich. Er glaubt, er kann mich eintauschen, auswechseln, als wäre ich nur ein Platzhalter gewesen. Mir wurde bewusst, dass ich das nicht zulassen kann.

In einer halben Stunde wollen sie wieder hier sein. In einer halben Stunde wird SIE wieder unsere Wohnung betreten, um einen weiteren Teil seiner Sachen zu holen – um ihn mir wegzunehmen. Der Griff des Messers, um den ich meine Faust geschlossen habe, ist warm geworden. Und feucht. Hastig wische ich meine Hand an meiner Bluse ab, bevor ich das Messer wieder umfasse. Ich höre das Klicken der Türklinke und stehe auf. »Du wirst mir meinen Sohn nicht wegnehmen!«, höre ich mich rufen, während ich mich auf sie stürze.

Katharina Kullmer, 1984 in Frankfurt am Main geboren, studiert Amerikanistik und Germanistik an der Johann Wolfgang Goethe-Universität in Frankfurt am Main. Journalistische Veröffentlichungen in der »Frankfurter Rundschau«, der »Frankfurter Neuen Presse« und (englischsprachig) in »The La Source« (kanadische Wochenzeitung).

Natascha Kabir

Verhaspeln

Herausgeputzt sein
Durchatmen
Den Vortrag beginnen
Grüne Ohrringe tragen
Rhetorische Mittel anwenden

Aufgeregt sein
Rosa anlaufen
Einen trockenen Hals kriegen
Verhaspeln

Den rosa Hals beginnen
Einen trockenen Vortrag herausgeputzt
Grüne Mittel tragen
Rhetorische Ohrringe anwenden

Abbrechen.

Durchatmen
Neu ansetzen
Passenden Pullover tragen

Rot sein
Trockenen Hals haben
Durcheinander kommen

Passenden Hals tragen
Trockenen Pullover kommen
Durcheinander haben

Abbrechen.

Verschnaufen
BH drückt

Panik kriegen
Verstummen

BH kriegen
Verstummen drückt

Aufgeben.

Natascha Kabir, 1986 in Offenbach geboren, absolviert ein Doppelstudium an der Johann Wolfgang Goethe-Universität in Frankfurt am Main: Sie studiert Kunstpädagogik, Soziologie und Psychologie (Magister) sowie Kunsterziehung, Politik und Wirtschaft (Lehramt).

Eva Zink

Kaninchenschlacht

»Das könnt ihr doch nicht machen! Das ist doch gegen alles, was ...« Ich wusste nicht.
»Gegen was?«, kam die Gegenfrage.
»Gegen ... alles einfach!« Ich war fassungslos.
»Naja, so schlimm ist's jetzt nicht. Außerdem war ich gar nicht dabei«, sagte Michael und zuckte mit den Schultern. Seit fünf Minuten klappte er nun schon eine alte CD-Hülle auf und zu. Er stand hinter der selbstgebauten Bar.
»Es ist gemein und hinterhältig. Fies und feig«, empörte ich mich. »Wahrscheinlich hättet ihr das mit meinen auch getan. Ja, wir marschieren einfach ein bisschen durch's Dorf und wenn alles schläft ...«
»Jetzt hör halt mal auf, mich ständig blöd anzumachen«, unterbrach mich Michael. »Ich hab die Hasen nicht abgemurkst!«
Abgemurkst! Ich warf eine leere Zigarettenschachtel vom alten Wohnzimmertisch auf das rechte graue, fleckige Sofa. »So ein Scheiß! Das ist richtig doof!« Ich wusste nicht so recht, wie ich meine Wut ausdrücken konnte. »Ich geh jetzt«, sagte ich und stand auf. »Viel Spaß dann heut noch.« Ich verzog die Mundwinkel.
»Jetzt komm, das war doch nur ein blöder Spaß. War auch nur, weil Toni so betrunken war. Ich mein, das hättest du sehen sollen. Und ich bin da nur kurz weggegangen und als ich wiederkommen bin ... Ich hab des auch gar nicht gewusst, und die haben mir das auch gar nicht erzählt. Ich war da echt nicht dabei.«
»Also war's der Toni?«
»Ja, der und der Heller. Und der Andi.« Michael fuchtelt mit der CD herum, ist etwas ungeschickt und wirft sie zu Boden. Taucht ab, hebt sie auf, taucht grinsend wieder auf.
»Findest du das also jetzt alles lustig?«
»Nein, nicht lustig, aber ich kann echt nichts dafür, dass

die dem Matthias die Hasen weggeschlachtet haben. Des war ein Spaß. Aber es waren sowieso Schlachthasen ...«

Sowieso Schlachthasen! »Ihr seid so ... fies. Ihr betrinkt euch alle, gebt dem Toni auch noch extra Alkohol hier in der Hütte, und dann geht ihr einfach ins Dorf und denkt euch: Ach, wer hat nette Hasen, die wir jetzt schlachten könnten. Nehmen wir Jennys Kaninchen. Ach nein, die sind nicht dick genug. Gehen wir zum Matthias, den finden wir scheiße. Es schlafen ja alle, also machen wir einfach die Türchen vom Stall auf, nehmen zwei Hasen, am besten die, von denen wir wissen, dass er an ihnen hängt. Und dann stechen wir die Tiere ab, einfach so, hei, ein Spaß! Der Andi kotzt dazwischen den Bauers auch noch in den Hof, weil er mal wieder nicht weiß, wann Schluss ist. Bis zum Grillplatz, lecker, unter die Gartenstühle. Ja, und was machen wir dann mit den Hasen? Schneiden wir ihnen die Pfoten ab. Und legen die Pfoten dann dem Matthias doch nett vor die Haustür. Da freut er sich, wenn er am Morgen aufsteht und zu seinen Hasen gehen will, zum Füttern. Das ist eine Überraschung! Und er kann nicht mal weinen, weil er schon 19 ist!«

Michael sah mich wütend an: »Hey Mann, jetzt Jenny, ich war echt nicht dabei!«

»Ja, weil du in der Zwischenzeit mit der blöden Tussi von Tetschhof rummachen musst ...« Ich schluckte.

Die Hüttentür ging auf und Baui tauchte auf. »Hi.« Er grinste uns zwei an.

»Und sein Bruder ist so blöd und macht bei der ganzen Schweineaktion mit!« Ich starrte in Bauis dämliches Gesicht.«

»Hasen.«

Ich fuhr herum.

»Hasen ... Hasenaktion ... nicht ... nicht Schweine«, hauchte Michael.

Das war der Abschuss.

»Das ist der Abschuss!«, schrie ich. Mit allem Hass, den ich glaubte zu haben, schrie ich: »Ihr seid Scheißnazis, Scheißnazis seid's ihr, mit euren Scheißspringerstiefeln, alles Möchtegerns mit eurem Onkelz-Gegröhle. ›Wir haben noch lange nicht, noch lange nicht genug!‹ Aber ich hab die Schnauze voll! Ist nicht mehr lustig! Ihr seid kleine Scheißnazis und habt Ahnung von nichts! Macht's euren Scheiß allein!« Ich schlug die Tür hinter mir zu. Das war wirklich jetzt eine Scheißszene. Ich hätte das Wort »Scheiß« weglassen sollen; das kam so gar nicht an. Ich war wütend auf mich und alles! Aber ich wusste echt nicht, was ich hätte tun sollen. Was soll man denn auch machen, bitte, wenn die Freunde plötzlich anfangen, die Hasen der Freunde zu schlachten? Scheißfreunde.

Eva Zink, 1986 in Amberg geboren, studiert Medienkultur in Weimar. Veröffentlichungen in »Bibliothek Deutschsprachiger Gedichte« (2007); »Frankfurter Bibliothek – Jahrbuch für das neue Gedicht. Gedicht und Gesellschaft 2008. Das Erbe. Das Zeichen« (2008); »Die Literareon Lyrik-Bibliothek. Band VIII« (2008), »Nagelprobe 25« (2008).

Thomas M. Meier

Tram-Girls
7.45 Uhr

Die großen Mädchen in den Straßenbahnen
am Morgen schauen dich nicht wirklich an,
sie lächeln manchmal und du kannst es ahnen:

Da ist etwas –

Kommt es heran?

Nur: Was da ist, das kanntest du schon gestern,
und kannst es heute wieder nicht verstehn,
ist es nicht so, dass sie wie brave Schwestern
dasitzen und dich ständig übersehn?

Die Bahn fährt los.
Sie lächeln
bloß.

Doch du bist nicht gemeint –
es scheint,

als hätten sie die Münder aufgegossen
mit Wachs und Licht und roten Neckerein,
doch du bleibst von dem ganzen ausgeschlossen
und ganz für dich auf deinem Platz: Allein.

Die großen Mädchen in den Straßenbahnen
am Morgen schauen dich nicht wirklich an.
Sie steigen aus und lächeln – kannst du's ahnen?

Sie steigen morgen wieder ein.

Thomas M. Meier, *1988 in Gera geboren, studiert Germanistik und Bildwissenschaft an der Friedrich-Schiller-Universität in Jena. Bisherige Veröffentlichung: Beitrag in »Nagelprobe 24« (2007).*

Kai Mertig

autokino

die geschichte, um die es geht, könnte überall beginnen. sie fängt mit einem jungen an, der das reisen lernt.

    einstieg, erstes bild: ein wohnzimmer im winter, kaum mehr als mit dem notwendigsten eingerichtet, etwas abgedunkelt. die frau, die den jungen hier her gebracht hat, trägt krauses schwarzes haar, sehr dicht und offen und etwa schulterlang und es fällt auf in der jahreszeit. die frau hat feine klavierhände, die immer kalt sind, mit denen hält sie den jungen fest. sie hält ihn so fest, wie sie das sonst nur mit ihren büchern macht, sie kennt beinahe jedes buch, sie liest viel, sie ist eine kluge frau. wieder und wieder wird sie das märchen von einem mädchen erzählen, das einen jungen sucht, der im norden verschwunden ging; vom lesen hat sie antworten in der tasche.

wir bleiben nur kurz, sagt die frau mit den klavierhänden, sie führt selbstgespräche vor dem zauberer auf – er ist der mann am tisch mit grauem haupthaar. er sitzt mit einem male im raum, schaut fern und sagt kein wort. er raucht nur. er wird es auch später tun, wenn ihm der spiegel zerbricht, er wird qualmen und qualmen und seine schläfen werden blank liegen. die augen des jungen, der jetzt das reisen lernt, durchforsten einen bierflaschenwald auf dem wohnzimmertisch. in der luft liegt eine stechende mischung aus menthol und tabak. der junge kennt dieses haus nicht, er lehnt sich an die heizung, aber sie ist kalt wie die hände der frau, die frau mit den klavierhänden ist eine schneefrau. das bild blendet aus.

nächste szene, wir befinden uns vor einem anderen haus und es ist immer noch winter. die frau ist da und auch der zauberer; sie erzählen einander arktische fabeln, keiner hört dem anderen zu. der ton setzt aus, die kamera schwenkt geduldig über eine verträumte landschaft, dann bricht der film ab. nächste einblendung, der junge hört plötzlich wildes geschrei oberhalb seines kopfes und dann verwackelt das bild, nächste szene, jetzt sitzt er im wagen, ein schlüssel schreit und hektisches hecheln dringt von vorn, der junge kann es sehen, es ist ein weißes nebliges hecheln, das aus der frau mit den klavierhänden kommt, der schneefrau. dann brummt der wagen auf und das bild verwackelt erneut. der junge blickt durch die heckscheibe. seine augen sind klein und treffen den blick des zauberers. der zauberer steht draußen und bleibt allein.

perspektivenwechsel: wir sehen den wagen kleiner werden, er geht in der landschaft unter. auch die augen des jungen werden kleiner, seine hände halten sich an der heckscheibe fest, die heckscheibe ist kalt. der mann winkt und weint und er raucht, die frau fährt, sie fährt und es dämmert und sie dreht sich nicht um, sie nimmt den jungen nach norden mit.

Kai Mertig, 1987 in Chemnitz geboren, studiert seit 2007 Neuere Deutsche Literatur und Philosophie. Veröffentlichungen: Beitrag in der 20. Anthologie zum Treffen Junger Autoren (2005); Lyrikband »Zwischen den Lippen. Zeile um Zeile-Gedichte aus vier Jahren« (Verlag Meerane, 2006); 2006 Teilnahme am »Tag der Talente«.

Jan M. Molitor

Deutschen Demokratische Republik

Deutschen Demokratische Republik
deu dem rep soz kom mar
hammer sichel planwirtschaft
min st üb am er hon ko
mauer schussbefehl nva
ta da in mi dad äd op
stasi bautzen mielke
em wd afg löa ys tum
westpaket bückware trabant
sum ses dem hed ged kle
transit westdevisen brd
wes def gem ahm sed ön
veb lpg hauptstadt der ddr

iam

Jan M. Molitor, geboren 1992 in Neustadt an der Weinstraße, besucht die 10. Klasse des Oskar-Gründler-Gymnasiums in Gebesee. Bisherige Veröffentlichung: Beitrag in der preisgekrönten Schülerzeitung »EssZett« des Oskar-Gründler-Gymnasiums.

Johannes Lange

World of Uni
oder
Dein ultimativer Pro-Walkthrough zu World of Uni
oder
Guide für meinen Hybrid-Einzelgänger-Germanist-mit-Equip-Support-Build

Im Grunde gibt es gar keine Frage nach dem Ich. Keine Frage wie »Wer bin ich oder was?« Was ich bin, das ist völlig klar definiert. Klar abgegrenzt durch meine Werte: Str: 10, Dex: 15, Int: 14, Wis: 13, Lck: 11.

Ich bin Germanistikstudent und schon Level 10, noch zwei Level und ich kann endlich ins Hauptstudium aufsteigen. Ich brauche nur noch Int auf 15 und zwei weitere primäre Basic-Skills. Das sind die Fähigkeiten, die für meine Klasse (also Germanist) unbedingt benötigt werden. Neuere Deutsche Literatur habe ich zum Beispiel schon auf dem erlaubten Maximum fürs Grundstudium. Grammatik und Lexikologie auch.

Außerdem muss ich meine sekundären Skills noch trainieren. Diese Skills definieren meine Unterklasse. Ich bin zum Beispiel Hybrid-Einzelgänger-Germanist.

Ich habe *Aufpassen* auf 50. Und *Zuhören* auf 30, das skille ich gerade. *Mitschreiben* ist auf 70, das brauche ich, weil ich so einiges allein machen muss. *Mitarbeiten* habe ich als Hybrid-Einzelgänger auf 80. Das bedeutet, ich habe schon eine 50-Prozent-Chance bei *Dozent merkt sich Gesicht* und 20 Prozent bei *Dozent merkt sich Namen*.

Es gibt auch reine Einzelgänger. Die machen alles allein, ohne Hilfe des Dozenten oder anderer Spieler. Ich kenne ein paar Leute, die haben *Aufpassen* auf Level 100, *Zuhören* auf 70 und *Mitschreiben* auf 80. Einzelgänger haben oft die besten Noten, aber absolut keine Freunde. Selbst ich werde nicht gern von meinen coolen Freunden mit ihnen zusammen gesehen.

Ich kenne einen, der hat *Mitarbeit* auf 100 und *Auf den Dozenten zugehen* auf 80. Dafür aber *Aufpassen*, *Zuhören* und *Mitschreiben* nur auf 30. Das heißt, er kriegt kaum was von den Seminaren mit, weiß kaum etwas über seinen Stoff, aber dafür hat er 89 Prozent bei *Dozent merkt sich Gesicht* und 73 Prozent bei *Dozent merkt sich Namen.*

So kriegt er seine guten Noten rein, er ist ein Schleimer.

Dann gibt es noch die Gruppenchars. Die skillen *Freunde machen*. Ich habe das auf 40, das reicht mir völlig. Reine Einzelgänger haben *Freunde machen* beispielsweise höchstens auf 10.

Ich beneide die, die *Freunde machen* auf 100 haben. Die kennen verdammt viele Leute und brauchen deswegen weder *Aufpassen* noch *Zuhören* noch *Mitschreiben* oder *Mitmachen*. Sie gehen zu keiner Lehrveranstaltung, weil sie überall jemanden kennen, der ihnen seine Mitschriften überlässt.

Auf diese Weise sind Gruppenchars meistens am schnellsten ins Hauptstudium aufgestiegen, danach kommen die Schleimer, dann die Einzelgänger. Als Hybrid-Einzelgänger stehe ich in diesem Rennen um den Aufstieg zwischen den Schleimern und den Einzelgängern. Ich brauche nur noch ein paar Level-Ups.

Bevor ich ins Hauptstudium aufsteige, muss ich auch noch meine Perks uppen, sonst stehe ich nachher, auf Level 30, dumm da und bin verskillt. Die Perks sind dazu da, den Langeweilebalken zu regulieren. Wird meine Langeweile zu groß, sterbe ich. Also muss ich mich darum kümmern, sie in Seminaren und Vorlesungen möglichst niedrig zu halten Das geht zum Beispiel durch Mitschreiben und Zuhören. Manchmal ist der Dozentenvortrag oder das Thema jedoch so langweilig, dass ich nicht mehr mitschreiben oder aufpassen kann, also habe ich *Auf den Rand zeichnen* auf 70 geskillt. Dadurch kann ich mich, wenn ich mal nicht zuhören kann, beschäftigen.

Inzwischen habe ich neben *Auf den Rand zeichnen* aber auch noch eine andere Beschäftigungsmöglichkeit für kritische Vorlesungen gefunden: In der dreistündigen Klausur über literaturwissenschaftliche Methoden, die zwar viele Chars pwned, weil sie 30 Langeweile pro Minute macht, die dafür aber an Erfahrungspunkten und Items lohnenswert ist, habe ich das perfekte Item gefunden: Nachdem ich nämlich einen Godlike-Rush durch die Klausur abgegeben hatte, und das ohne Buffs oder Tanks, hat der Dozent ein *iPhone* gedropt.

Das *iPhone* hat so schon *Langeweile* -90, +5 auf *Mobilität*, dafür aber -10 auf *Geld sparen*. Ich habe das Teil aber einem Bekannten gegeben, der Informatiker ist und *Hacken* auf 100 hat. Der hat mir das Gerät modifiziert. Jetzt kann ich darauf Gameboy-Advanced-Spiele (-10 *Langeweile*) und Playstation-Spiele (-30 *Langeweile*) spielen. Ich kann damit malen, das heißt noch mal -10 *Langeweile* und +5 auf *Auf den Rand malen*. Außerdem kann ich damit von überall aus im ICQ texten, das bedeutet +10 auf *Mobilität* und +5 auf *Geld sparen*.

Jetzt heißt das, dieses *gehackte iPhone der Kurzweil*, das übrigens in diesem Spiel zu einem unique-Item zählt, also einzigartig ist, das gibt mir insgesamt +15 auf *Mobilität*, +10 auf *Auf den Rand malen*, ganze -140 auf *Langeweile* und leider -5 auf *Geld sparen*. Wenn ich in den Lehrveranstaltungen damit spiele und arbeite, muss ich mir um meinen Langeweilebalken bis zu Level-25-Seminaren keine Sorgen mehr machen.

Insgesamt ist dieses *gehackte iPhone der Kurzweil* eins der besten Items im Spiel.

Damit aber nicht genug. Das *iPhone* kombiniere ich, wenn ich nicht im Seminar sitze, mit meinem *Out-Ear Bluetooth-Headset des Über-Bass*. Das hat der Endboss in der Latein-Instanz gedropt, die aus drei schriftlichen Klausuren und einer mündlichen Prüfung besteht. Bei der war ich kurz vorm Sterben und konnte mich nur durch Potten und Buffs einer netten Kommilitonin über Wasser halten. Dieser Stress hat sich aber gelohnt, denn wenn ich jetzt übers *gehackte iPhone der Kurzweil* mit dem *Out-Ear Bluetooth-Headset des Über-Bass* Musik höre, dann gibt das noch mal -10 auf *Langeweile* und meine Vitalität erholt sich um 40 Prozent schneller. Außerdem erhalte ich einen Mobilitätsbonus von +15, wenn ich damit telefoniere.

Natürlich könnte ich das *Out-Ear Bluetooth-Headset des Über-Bass* auch in den Seminaren benutzen, um Hörbücher zu hören und so der Langeweile beizukommen. Allerdings hat das Item das Attribut *gut sichtbar*, wodurch die *Dozentenzuneigung* tief sinken würde. Außerdem würde ich dann gar nichts mehr vom Stoff mitbekommen und in Klausuren wie ein völliger Noob aussehen und ultimativ failen. Darum gehe ich lieber auf Nummer sicher, nehme etwas Langeweile in Kauf und schneide dafür in Klausuren etwas besser ab.

Trotzdem brauche ich die Kopfhörer, um damit außerhalb der Uni schneller Kräfte schöpfen zu können. Überhaupt würde ich sagen, dass ich ohne Equip nur schwer überleben kann, weil ich meine Skillpoints lieber auf meine primären und sekundären Skills, als auf die Perks verteile. Alle Perks, die ich geskillt habe, beziehen sich auf mein Equip. Zum Beispiel habe ich *schneller Tipp-Daumen* schon auf 80 und *Bluetooth-verstrahlt* auf 65.

Es gibt auch welche, die auf Equip völlig verzichten. Dafür bekommen sie +10 auf das Perk *Naturkind*. Würden sie völlig nackt rumlaufen, hätten sie +100 auf *Naturkind*, das bedeutet, wenn sie einen Grashalm berühren, sinkt ihre Langeweile sofort auf 0. Außerdem steigert das Attribut *nackt* auch die Skills *Dozent merkt sich Namen* und *Dozent merkt sich Gesicht* auf 100, was das Maximum ist. Dafür sinkt die *Dozentenzuneigung* bei fast allen Dozenten auf -100, wenn man nackt rumläuft, was bedeutet, die Dozenten erinnern sich an den Char als schlechten Menschen und geben ihm schlechte Noten.

Der Freund, der mir in der Althochdeutsch-Prüfung den Tank gemacht hat, damit ich mit dem iPhone meinen Skill *spicken* (40) besser einsetzen konnte, der hat *Naturkind* auf 50 geskillt, trägt nie Schuhe und nur eine Lederweste, hat dadurch noch mal +9 auf *Naturkind*. Außerdem hat er eine Freundin im Spiel, die *Dreadlocks* hat (nochmal +20 *Naturkind*) und er trägt ein *Pocahontas-Stirnband des Waldschrats* (*Naturkind* +10).

Zusammengerechnet heißt das, der Kerl hat 89 auf *Naturkind*. Wenn dessen Langeweilebalken zu voll wird, dann nimmt er einfach eine Spinne aus seinem Haar und setzt sie aus dem Fenster an die Freiheit.

Ich bin kein Naturkind. Kein Gruppenchar. Kein Einzelgänger. Manchmal ärgere ich mich darüber, wenn ich sehe, was die anderen alle können. Aber mein Build ist nahezu perfekt für meine Spielweise und mein Equip ist eins der besten im ganzen Spiel. Und wenn ich erst mein Studium abgeschlossen habe, dann skille ich endlich die Fähigkeit *real life*, denn momentan muss ich noch aufpassen, nicht in einem Glas Wasser zu ertrinken.

Johannes Lange, 1985 in Jena geboren, studiert in Jena Germanistik, Medienwissenschaft und Auslandsgermanistik. Bisherige Veröffentlichungen: »Mein Leben mit Che« (In: »hEFt« 2/07); »Ein Heide geht pilgern« (Verlag Uwe Mörtel, Hummelshain 2008).

Maximilian Wick

Darlingtonias Sonett*

Der dunkle Bruder Darlington,
Sät in mir den einen Keim,
Der stachlig wächst zu Rosen Hohn,
Der mich fängt mit seinem Leim,

Den er aus der Erde gärt,
An der er seine Fäden klebt,
In dem er sich dreimal vermehrt,
Als Parasit zum Hirne strebt.

Die andern sehen nur die schwarzen
Augen, die ihm gerne dienen,
Lustvoll aus dem Herz voll Warzen

Den Blick direkt zur Sonne lenken,
Von der die Sterne schön beschienen,
Konsequent an Selbstmord denken.

* Die Gattung der Darlingtonia gehört zu den präkarnivoren, sprich fleischfressenden, Pflanzen und entstammt der Familie der Schlauchpflanzengewächse.

Maximilian Wick, 1989 in Frankfurt am Main geboren, studiert Germanistik und Allgemeine und Vergleichende Literaturwissenschaft an der Johann Wolfgang Goethe-Universität in Frankfurt am Main. Bisherige Veröffentlichungen: Gedicht »Klagelied einer Käfermutter« in der »Frankfurter Bibliothek« (2009).

Sven Safarow

Alle Jahre wieder

Familienfeste sind eine heikle Angelegenheit, ich darf das sagen, ich habe an unzähligen teilgenommen und habe sie alle überlebt, um darüber berichten zu können. Ich habe sie meist als gestelzte, künstliche und angestrengte Veranstaltungen wahrgenommen, mit vorgefertigten Konversationen, Ritualen und Biedermeier-Flair.

Jedes Fest, an dem ich bisher teilnahm, entpuppte sich als Maskenball, jeder Einzelne trug eine individuelle, lachende Maske, die jedoch den anderen erstaunlich ähnlich sah.

So war es dieses Weihnachten bei Tante Gudrun und Onkel Jörg. Die Gästeliste war jedes Jahr relativ gleich, meine Eltern und ich waren dabei, unsere Großeltern, Gudruns Mutter, der spärliche Nachwuchs (mein Cousin Jochen und ich) und eventuelle Freunde, deren Anzahl aber jedes Jahr variierte.

Es war der 25. Dezember, wir hatten an Heiligabend schon festlich gespeist, so stellte sich der Hunger nur schwer ein. Trotzdem gab es eine deftige Vorspeise mit Fleischbeilage. Dann gab es Gans und zum Nachtisch Schwarzwälderkirschtorte. Es war ein Festmahl, das dich den ganzen Abend festhielt, das dir Herzinfarkte bescheren konnte, so viele du wolltest. Und es war ein Essen, das Gegenstand zahlloser Dispute wurde, immerhin waren die Großmütter am Tisch leidenschaftliche Köchinnen – sie wussten, was mit dem Essen nicht stimmte. Dass etwas nicht stimmte, stand außer Frage, den Fehler zu entdecken galt es. Und sie wurden nicht müde, die Gerichte zu analysieren, bis nichts davon mit der gewöhnlichen Nahrungsaufnahme mehr zu tun hatte. Natürlich war die Kritik stets vorsichtig und wohlmeinend formuliert, aber alles war eine Frage der Rezeption.

»Besser als letztes Mal, Gudrun«, meinte Oma Ulrike, nachdem sie ihre Gans bezwungen hatte, »viel, viel besser.«

Natürlich hatte Gudrun noch Ulrikes Kritik vom »letzten Mal« parat. Sie lautete: »Diesmal hast du nicht vergessen nachzusalzen. Viel besser als letztes Mal. Viel, viel besser.«

Ich konnte Gudruns Mundwinkel tanzen sehen. Unwillkürlich zuckten diese, dann hustete sie leicht und lächelte die Oma an. Die Art, wie sie die Augen dabei zusammenkniff, konnte man frei interpretieren.

Die Gespräche waren selbstverständlich die ungeschlagenen Highlights des Abends. Onkel Jörgs Versuche, meinem Vater zu beweisen, dass Barschel ein verkappter SPD-Informant war und dass Autos weniger CO_2 produzierten als Kühe – legendär. Wäre mein Vater ein glühender Linker, wäre das Ganze natürlich noch brisanter und unterhaltsamer ausgefallen, doch mein unpolitischer Vater saß nur da und kommentierte alles mit einem absolut wertfreien »Hmm«.

Dennoch waren Onkel Jörgs Theorien das Salz in der Suppe, und wenn er die Brücke zum Dritten Reich schlug, legte mein Opa los und erzählte uns von goldenen Tagen – bis er in den Krieg zog, natürlich. Wenn dann die Stichworte »Schützengraben« und »Stalinorgel« fielen, wurde er schnell wieder gebremst und das Thema beiseite geschoben.

Ich wurde, wie jedes Jahr, auf meine schulischen Erfolge angesprochen. Da diese aber jedes Jahr rarer wurden, improvisierte ich und lenkte die Diskussion auf allgemeine Ereignisse auf der Welt.

Mein Cousin Jochen, ein kleiner und zarter Bursche, der nichts für Mädchen übrig hatte, wurde, wie jedes Jahr, von meiner Mutter gefragt, ob er denn schon eine Freundin habe. Er lächelte brav und verneinte, woraufhin seine Mutter, die gute Tante Gudrun, das Wort ergriff und das Unding mit der Floskel erklärte, dass er die »Richtige noch nicht gefunden hat«. Daraufhin wurde Jochen rot und schaute hilfesuchend um sich, und ich lächelte innerlich.

Dieses Mal war dieses Ereignis besonders interessant, da mein Opa sich in die Diskussion mischte und Jochen nahe legte: »Egal, was du tust, Junge, werd bloß nicht schwul. Lass dir Zeit mit deinem Mädel, such so lange du willst – solang es ein Mädel ist.«

Jochen erglühte in dem Moment, und Gudrun war kurz davor, dem alten Mann den Braten um die Ohren zu hauen, als irgendeine der beiden Großmütter sagte: »Die Zeiten ändern sich. Schwule dürfen jetzt sogar zum Fernsehen.«

Mein Opa wurde daraufhin ebenfalls rot und betete, dass der gegenwärtige Tageschausprecher nicht davon betroffen war. Doch auch dieser Exkurs in exotische Gefilde wurde unterbrochen, diesmal durch meinen Vater: »Jörg, wie läuft's bei der Arbeit?«

»Weißt du, seit ich Abteilungsleiter bin, geht es endlich aufwärts. Ich werde respektiert, und alle sind nett zu mir. Alle, die mich vorher nicht mal mit dem Arsch angesehen haben.«

»Jörg!«, rief Oma Else empört.

»Entschuldige Mutter. Aber so ist es. Endlich hat sich die ganze Plackerei in der Firma gelohnt. Ich sag ja: Arbeit, Fleiß und Loyalität machen sich irgendwann bezahlt. Hast du gehört, Jochen? Merk dir das für die Zukunft, Junge.«

»Weißt du denn schon, was du später mal werden willst, Jochen?«, fragte Oma Else.

»Also«, begann er leise, »ich male gern und mein Lehrer sagt, dass ...«

»Sie hat dich nicht nach deinen Hobbys gefragt, Junge«, sagte Jörg und sah ihn schief an. »Du kleiner Traumtänzer.«

Dann kam Gudrun mit dem Nachtisch.

Oma Ulrike schenkte der Torte einen skeptischen Blick und sagte: »Na dann ...«

Normalerweise kamen nach dem Nachtisch keine Highlights mehr, doch diesmal ging Gudrun in die Offensive: »Na, Mutter, hat es dir geschmeckt?«

»Na ja«, antwortete sie, »nach der Gans dachte ich, du hättest dazugelernt.«

»Aber?«

»Aber der Torte fehlt Esprit.«

Oma Ulrike war, im Vergleich zu dem Rest, recht ungewöhnlich im Kritisieren. Ihre Bewertungen, beschränkten sich nicht auf einfallslose Adjektive wie »gut« und »besser«, sie waren ausgefallen, und es war schwer, dahinter zu kommen, was sie eigentlich meinte. Da half auch kein Nachhaken.

»Mutter, wie meinst du das?«, fragte Gudrun, verzweifelt um ihre Reputation kämpfend.

»Wie ich es sagte. Ich vermisse den Schwung.«

»Wieso machst du das ständig mit mir?« Gudrun stand vom Tisch auf und ging.

Peinliche Stille am Tisch. Alles, was ich vermisst hatte, war ein Heuballen, der durch den Tisch wehte. Mein Vater zog den Schwarzen Peter und brach das Eis: »Also, Jörg, diese CO_2-Geschichte klingt doch irgendwie unglaubwürdig.«

»Wie kannst du jetzt so was sagen?«, fragte meine Mutter und strafte ihn mit einem Blick, der riesigen Stress zu Hause versprach. Sie stand ebenfalls auf und ging hinaus, folgte wahrscheinlich meiner Tante.

Jörg seufzte, musste aufstoßen und sagte: »Ulrike, das musste jetzt nicht sein.«

»Aber sie hatte ja recht«, sagte Oma Else. »Gut ist die Torte nicht.«

Um dem Kunstwerk den letzten Schliff zu geben, begann Opa, der vorhin so lieblos gebremst wurde, eine Geschichte zu erzählen: »Die Torte auf der Hochzeit meines Freundes Hans Rothweiler war die beste, die ich jemals gegessen habe. Es war eine tolle Hochzeit. Es war Rommels Geburtstag. Hans kannte ihn, er hat ihm einmal die Hand geschüttelt, irgendwann in Berlin. Ich glaube, es war Berlin. Aber was machte Hans überhaupt in Berlin?«

Schließlich stand Ulrike auf und ging ebenfalls hinaus. Opas Geschichte wurde durch einige Erinnerungslücken unverständlich, doch ehe sich jemand beschweren konnte, kamen alle drei Damen wieder herein und lächelten stolz. Gudrun hatte rote Augen, aber sie lächelte. Ich wundere mich noch heute, wer meine Tante überzeugt hatte, wieder an den Tisch zu kommen. Wer war bloß das rhetorische Genie?

Jedenfalls begann Gudrun wieder auszuteilen und zu fragen, wer noch Torte wolle. Und Ulrike reichte ihr den Teller und nickte. Gudrun strahlte und gab ihr das größte Stück. Ein überwältigender Moment.

Daraufhin meinte Oma Else: »Ich bin jedenfalls satt.«

Sven Safarow, 1986 in Moskau geboren, studiert Germanistik, Anglistik und Musikwissenschaft in Mainz. Bisherige Veröffentlichungen: Kurzgeschichte »Mein Berlin« in der TAZ; Kurzgeschichtensammlung »Das Haus der Königin« (2007); Beitrag in »Nagelprobe 25« (2008).

Patrick Siebert

Ausklang

du lächelst leise
durch die Scheibe
und der Schmutz
malt neue Grübchen
auf deine Wangen
und die Stirn

dann stupst du
mit den Fingern
noch einmal leicht
gegen das Glas
und ich betrachte
kurz dein Haar
das etwas lang
erscheint heut morgen

und wie erwartet
folgt das Knarzen
das dich herausträgt
aus der Szene

Patrick Siebert, 1985 in Schmalkalden geboren, studiert Germanistik und Geschichte an der Friedrich-Schiller-Universität Jena.

Inhalt

Vorwort · *Preisrede* 7

Hauptpreise

Peter Neumann · *Schnee* 13
Barbara Hiller · *Das Schwimmbad* 14
Marlene Paar · *»Fühlst du dich nicht oftmals allein?«* 17
Marie-Josephine Damaschke-Becker · *Ferngesteuert* . 20
Simone Schröder · Tristan »Doc« van Ronk 27
Kerstin Böttcher · *Heino* 32
Moritz Anton Gause · *Jena Paradies* 37
Katrin Pitz · *Bilder im Kopf und Fotos in Alben* 38
Markus Sehl · *Auf der anderen Seite* 41
Daniela Wolf · *Traumsterilisation* 46

Autorenwerkstatt

Romina Voigt · *Vor mir liegt* 53
Alice Kerpen · *Wie es da lag* 54
Olga Erbe · *Perfect Man* 58
Diana Jung · *Unfaithful (Rihanna)* 62
Maren Kames · *Sad-eyed Lady of the Lowlands* 65

Weitere Preistexte

Nils Fabian Brunschede · *Zu Tisch mit dem Alten* ... 71
Lukas Gedziorowski · *Mein grünes Fahrrad* 73
Alice Bucher · *Pierre* 79
Ariane Dreisbach · *Opa liebt Gina* 87
Christian Franke · *Enttäuschung* 89
Isabel Teschke · *Seepferdchen* 90
Katharina Kullmer · *Sie* 95
Natascha Kabir · *Verhaspeln* 97

Eva Zink · *Kaninchenschlacht* 99
Thomas M. Meier · *Tram-Girls 7.45 Uhr* 102
Kai Mertig · *autokino* 104
Jan M. Molitor · *Deutschen Demokratische Republik* . 106
Johannes Lange · *World of Uni* 107
Maximilian Wick · *Darlingtonias Sonett* 112
Sven Safarow · *Alle Jahre wieder* 113
Patrick Siebert · *Ausklang* 118